LE COSMOS
EST MON AMI

Jimini

Le cosmos est mon ami

Roman

Éditions Persée

Ce livre est une œuvre de fiction. Les noms, les personnages et les événements sont le fruit de l'imagination de l'auteur et toute ressemblance avec des personnes vivantes ou ayant existé serait pure coïncidence.

Consultez notre site internet

Pour tout contact :
Éditions Persée – Centre Chester Carlson
ZAC du Moulin des Landes – 2 rue Gutenberg,
44980 Sainte-Luce-sur-Loire
www.editions-persee.fr

CHAPITRE 1

Je m'appelle David et je suis une sorte de chevalier. Il faut toujours que je me jette dans la bagarre pour défendre mes amis ou mes sœurs, ces chipies, qui en profitent un peu, il faut bien le dire. La méchanceté me révolte et les injustices me hérissent. Je n'ai que onze ans, mais des fois, je me sens trèèèèès vieux, parce que tout le monde vient me poser toutes sortes de questions, comme si j'étais un sage. Pourtant, je ne suis qu'un garçon comme les autres, qui ne demande rien à personne ! D'ailleurs, c'est moi, là-bas, tout au fond de la classe ; le petit binoclard avec sa mèche sage sur le côté. Les professeurs m'aiment bien, parce que je suis discret et aimable et comme j'ai des bonnes notes à l'école, mes parents me lâchent la grappe. Du coup, je peux rêvasser autant que je veux – ou presque. Comme j'adore lire, je suis un habitué de la bibliothèque. Ces temps-ci, ce sont les Pokémon qui ont la cote – j'adore l'univers des mangas – mais ce que j'aime par-dessus tout, ce sont les livres d'aventures comme ceux de Jules Verne, ou les Harry Potter. Mon livre préféré a longtemps été Moby Dick de Melville, à certains moments, il est bien saignant ! Combien de fois l'ai-je lu et relu ? Aucune idée ! Et j'hésite chaque fois à le reprendre. Autrement, j'aime bien les histoires de dragons et tout ce qui se passe dans l'espace ou sous l'eau, les batailles et les gros robots ! Comme ma maman me raconte souvent des histoires qui mélangent tout ça, je connais par cœur ces univers-là. Du coup, je me demande – mais sérieusement, hein ! – si les extraterrestres existent ? Franchement, ça devrait être possible, non ? Et puis, on peut dire que les dinosaures sont un peu des dragons. Moi, je trouve que ce serait chouette de vivre dans un monde où toutes ces légendes et ces histoires seraient vraies. Mais je sais que c'est faux, quand même ! Je fais la différence entre le rêve et la réalité ! Bref, ma vie se déroulait sans heurt et sans bruit et j'étais très content de mon sort.

Jusqu'au soir où tout ce que je savais – ou croyais savoir – a été remis en question.

Ça a commencé un week-end. Il s'était déroulé comme tous les autres, entre violon, devoirs d'école, disputes avec les filles et sorties en famille, à ceci près que j'avais ressenti un drôle de chatouillis sur la joue tout le samedi et le dimanche. Et j'avais eu beau me regarder dans le miroir de la pharmacie, il n'y avait rien de particulier à part mes grains de beauté. Ma mère n'a rien vu non plus et comme ça s'était finalement arrêté, je n'y donnai pas trop d'importance. Et pourtant. J'allais apprendre plus tard, que ces grains de beauté sur mon visage n'étaient pas si anodins.

Ce dimanche soir-là, il faisait si clair malgré la nuit que je regardai par la fenêtre. La lune était plus grosse et lumineuse que d'habitude, elle m'hypnotisa. J'étais tellement intrigué que même le câlin du soir de ma maman se passa comme dans un rêve. Je n'arrivais pas à m'endormir et me retournais sans fin dans mon lit. De là, je ne voyais pas l'astre lunaire et ça me manquait. J'avais envie de l'observer avec mon télescope et j'attendis avec impatience que mes parents aillent se coucher.

Dès que tout fut calme dans la maison, je descendis de mon lit et à pas de loup, j'allai à la fenêtre. Je connaissais le ciel par cœur, parce que j'en avais fouillé les moindres recoins, et pourtant ce soir-là, je remarquai une étoile que je n'avais jamais vue avant. Et pour cause, cette étoile n'existait pas ! Étonné, je fixai cette étrange petite lumière en cherchant mon télescope à tâtons, mais soudain je me figeai, les yeux écarquillés et le bras tendu dans le vide : la petite étoile bougeait dans le ciel, très visible dans le noir !

— Un avion, me dis-je.

Mais je n'y croyais pas. J'eus un sursaut en m'apercevant que « l'avion » se dirigeait vers ma chambre, puis s'immobilisait à ma hauteur. La lumière était incroyablement forte et m'aveuglait tant que je dus cligner des yeux. Doucement, son intensité baissa et je pus mieux voir ce qui se trouvait de l'autre côté de la fenêtre. Ce n'était pas un avion ; c'était un tout petit vaisseau spatial, qui n'était pas plus gros qu'un de mes modèles en briquettes. Étrangement, on aurait dit un amas de bulles de savon qui crachait du feu par l'arrière ! Incroyable ! J'observais avec émerveillement cette chose, tout droit sortie de mes livres. C'était vraiment un drôle de vaisseau spatial – autant que je pouvais en juger. J'en étais là de mes constatations lorsque j'eus la nette impression qu'on m'observait aussi ! Puis je me sentis curieusement fatigué et mes yeux devinrent lourds et, malgré mes efforts pour les garder ouverts, ils se fermèrent. Ma dernière pensée avant de sombrer complètement fut que c'était étrange, puis je m'endormis comme une masse.

CHAPITRE 2

Avant même d'ouvrir les yeux, je sus que quelque chose n'allait pas. Je m'assis et regardai autour de moi. Je n'étais pas chez moi, mais dans une petite chambre, sobrement meublée. Il y avait le lit – dans lequel je me trouvais – une table de chevet en bois, une commode et une étagère. Le tout était simplissime, de forme carrée et sans décoration ; un vrai mobilier d'hôtel. Sur la droite, une porte entrebâillée laissait voir une salle de bains et sur la gauche, une autre porte, probablement celle d'entrée. J'étais sur le point d'aller tester la poignée, lorsque mon attention fut attirée par l'immense baie vitrée qui flanquait tout le mur face au lit. J'avais repéré un mouvement du coin de l'œil, mais ç'avait été si rapide qu'il n'y avait déjà plus rien à voir ou presque. Seulement des nuages et le ciel.

— Je suis au moins au quatrième étage !

Je m'approchai de la fenêtre… et restai ébahi ; j'étais beaucoup plus haut qu'un vulgaire quatrième étage et je mis un moment avant de comprendre ce que je voyais. Dans un grand ciel bleu, une multitude de vaisseaux de toutes tailles virevoltaient dans tous les sens ! Il y avait des trucs gros comme des immeubles et d'autres tout petits, ne dépassant pas la taille d'une boîte d'allumettes. Ils passaient les uns près des autres, dessous, dessus, à toute vitesse et sans jamais se toucher, en un incroyable ballet aérien. C'était hallucinant ! En contrebas, se dessinait ce qui devait être un astroport ; il y avait des pistes où des appareils décollaient ou atterrissaient à la verticale et plus loin, des vaisseaux posés où des passagers se pressaient pour monter à bord ou au contraire en descendre. Je plissai les yeux pour mieux voir, car j'étais très haut et les gens étaient très petits. Je crus reconnaître des humanoïdes comme moi, mais certains passagers étaient nettement moins évidents à définir. Je fixais une grande forme brune et poilue, qui roulait et sautillait en essayant de deviner ce que c'était, lorsque soudain, la porte de la chambre s'ouvrit et une silhouette impressionnante se dessina dans l'encadrement.

Un homme (ouf, me dis-je, au moins ça ressemble à un humain) très grand, habillé d'une cuirasse rouge sombre laissant apparaître des bras très musclés se tenait dans l'embrasure. Il avait des cheveux noirs comme la nuit, très longs, en partie tressés et en partie libres sur ses épaules, dans lesquels étaient fixés de curieux objets gris. Ses yeux étaient bleus si foncés qu'ils en étaient presque noirs et il avait la peau tannée (j'appris plus tard que c'était dû à un embrasement accidentel qu'il avait acquis ce hâle). Mais ce qui était très bizarre, c'étaient les lumières qui voletaient autour de lui. Il était auréolé de petites lueurs brillantes de toutes les couleurs, qui tournoyaient et glissaient sur sa cuirasse comme sur un toboggan. Je n'aurais pas été surpris de ces lumières si elles avaient accompagné une fée ou une licorne, comme dans les livres de mes petites sœurs, mais ce gars n'avait pas l'air d'un elfe, ça, non ; au contraire ! Du coup, ça n'allait pas avec le personnage et cela lui donnait un air encore plus inquiétant.

Comme je le regardais sans rien dire, il entra dans la pièce et se posta en face de moi. Il était bien plus grand que moi et je dus lever les yeux pour voir son visage. Il me dit, d'un ton hautain :

— Quoi ? Tu n'as jamais vu un homme, p'tit gars ?

Je ne savais pas quoi dire, alors je me tus et il reprit :

— Je me présente, capitaine Renhy Vidad, mais tout le monde m'appelle Black Jack. Et tu vas venir avec moi, David. Oooh oui, je sais très bien qui tu es, ajouta le capitaine en voyant mon étonnement. C'est moi qui suis allé te chercher… Arrrrh, la paix, Bisalko ! s'interrompit-il brusquement.

Il se mit à gesticuler dans tous les sens pour chasser les lumières qui s'agglutinaient sur lui à qui mieux mieux.

— Arrête ça et reviens sous une forme plus acceptable ou je te fais rôtir sur les réacteurs du vaisseau ce soir !

Les petites lueurs cessèrent immédiatement de voltiger autour de lui et se collèrent les unes aux autres en une grosse bulle multicolore qui se mit à onduler, puis à trembler légèrement. Une fumée brunâtre en sortit, puis il se produisit un léger « pop » ! et la bulle se changea en un petit dragon volant. J'étais abasourdi ! La bestiole lança un regard vexé au capitaine et voleta gracieusement vers moi. Il était vert et brillant – avec du vert foncé autour des yeux, sur les écailles dorsales et le long de la gueule, qu'il avait carrée – et pas plus gros qu'un chat. Il me tourna autour, puis s'immobilisa à hauteur de mes yeux et me fixa. Je me sentis soudain mal ; il y avait comme une pression dans ma tête et tout devenait flou. À travers ce brouillard, j'entendis le capitaine lancer sévèrement :

— Non Bisalko, pas de poussée télépathique sur David sans son accord ! Tu as oublié tes manières ou quoi ?

La pression cessa subitement et je vis de nouveau clair. Le petit dragon revint illico vers le capitaine et s'installa sur sa large épaule. Moi, j'étais sonné et je les regardais avec inquiétude, me demandant si je n'étais pas devenu fou.

— Capitaine, qu'est-ce que je fais ici ? Il y a quand même de quoi perdre les pédales ; je m'endors chez moi en regardant un minuscule vaisseau – ce qui est déjà peu banal – et tout à coup, je me retrouve dans un monde bizarre avec des gens bizarres et des... des... bestioles bizarres ! Sommes-nous seulement sur Terre ? Qu'est-ce que vous me voulez, hein ? Et puis d'abord, qui êtes-vous ?

Au fur et à mesure que je posais toutes ces questions, je me mettais de plus en plus en colère et finis par marteler les derniers mots avec rage. Je repris mon souffle et grondai, de plus en plus énervé :

— On m'a kidnappé, emmené je ne sais où, sans explication ! Mais je dois être en train de rêver ! Un astroport, des vaisseaux, ça n'existe pas, tout ça. Et ce... ce dragon, là !

Le capitaine m'étudia un instant sans mot dire, puis répondit calmement :

— Je comprends très bien ce que tu ressens, David, parce que je me suis moi-même trouvé dans une situation similaire et, même si c'était il y a longtemps, je m'en souviens comme si c'était hier. Tu ne rêves pas, non. Oui, je t'ai kidnappé. Et non, nous ne sommes pas sur Terre. Mais tu auras les réponses à toutes tes questions plus tard. Pour l'instant, retiens seulement que tu n'es en sécurité qu'avec moi et que tu n'as pas vraiment le choix. Maintenant, viens, nous partons.

Sans me laisser le temps de répondre et surtout de refuser de le suivre, il tourna les talons et sortit, suivi par le dragon comme de son ombre. Ne sachant pas ce que je pouvais faire d'autre et ne voulant pas rester tout seul dans cet endroit si étrange, je lui emboîtai le pas.

Black Jack marchait si vite que je dus courir pour me retrouver à sa hauteur et je n'eus ni le temps, ni le souffle pour le questionner encore. Aussi, je décidai de me contenter pour l'instant de le suivre et d'observer. Nous longeâmes une série de couloirs tapissés d'une vieille moquette grise usée jusqu'à la trame dont les murs aux motifs orangés me rappelaient vaguement une histoire sur un manoir hanté dans la montagne. Il y avait une porte numérotée tous les cinq mètres environ, ce qui me conforta dans l'idée que nous nous trouvions dans un hôtel. Le capitaine s'engouffra dans un ascenseur et je le rejoignis à la hâte, certain qu'il ne m'attendrait pas. Ma chambre se trouvant en hauteur, je pensais que nous allions descendre, mais au lieu de cela, nous fûmes entraînés encore plus haut à une vitesse vertigineuse.

— Le bureau de décharge est au niveau supérieur, m'expliqua le capitaine. C'est là aussi que se trouve mon module. Nous devons mettre les voiles au plus vite et je te promets qu'une fois que nous serons tranquilles, loin de Nimbuline, nous pourrons parler. En attendant, pour ta propre sécurité, je te prie de ne rien dire devant qui que ce soit. Laisse-moi parler et reste près de moi. Ah oui, je t'avertis aussi que tu verras beaucoup de choses et de gens bizarres, alors arrange-toi pour faire comme si de rien n'était.

Le capitaine se pencha au-dessus de moi abruptement et ajouta d'un ton menaçant :

— Rappelle-toi, ici, je suis ton assurance vie. Fais ce que je te dis, ou il t'en cuira.

— Ou-oui, d'accord, bégayai-je impressionné.

— Bon, ajouta le capitaine en se relevant, on y est ! Prêt pour le théâtre ?

Et les portes s'ouvrirent.

CHAPITRE 3

Le capitaine m'avait dit de faire comme si de rien n'était, mais ce fut très difficile. Nous avions débouché dans un hall de palace dont les murs étaient dorés de haut en bas et dont le plafond représentait à la perfection un ciel d'été embrasé par le soleil et parcouru de nuages blancs. J'eus un hoquet de surprise en m'apercevant que les nuages voguaient tranquillement pendant que le soleil se couchait. Puis, le ciel s'assombrit et vint alors la spectaculaire représentation d'un orage. Tout y était : les nuages sombres, les traits de la pluie, les éclairs dans le ciel, mais aucun bruit ne venait perturber l'ambiance cosy du hall. Au contraire, des haut-parleurs invisibles diffusaient une musique douce et un peu ennuyeuse, ce qui donnait une atmosphère très bizarre ! Mais je n'étais pas au bout de mes surprises, loin de là ; il y avait beaucoup de monde et c'est là que j'eus un deuxième choc (et beaucoup de mal à garder un visage impassible). Il n'y avait pas que des « gens ». En fait, il y avait tout, tout… sauf des « gens ». J'étais environné par une foule d'êtres plus extraordinaires les uns que les autres. Il y avait des grands et des petits, des poilus et des tout nus, des avec un œil, des avec deux yeux et des avec… beaucoup d'yeux. Certains avaient des bras et des jambes, mais ce n'était pas la majorité. Beaucoup se déplaçaient par téléportation, certains se faisaient porter par d'autres et quelques-uns rampaient. Hypnotisé par le spectacle, j'en oubliai presque les recommandations du capitaine. Presque. Je fus rappelé à l'ordre par Bisalko, qui me balança un sérieux petit coup de queue à l'arrière de la tête. Comme je me retournai pour lui balancer mon poing dessus, je croisai le regard du capitaine et retins mon geste. D'ailleurs, le petit dragon était déjà hors de portée. Mais il ne perdait rien pour attendre.

Je me dépêchai de rejoindre le capitaine, tête baissée et sans un mot. Je n'avais pas le choix ; tant que je n'en saurais pas plus sur cet étrange monde, j'étais dépendant de cet homme singulier et je devais faire profil bas. Mais je m'appliquai à bien observer toutes ces créatures et étais prêt à ne perdre aucune miette de la discussion qui allait avoir lieu.

Le capitaine alla directement vers le comptoir qui trônait au milieu du grand hall. Là, il s'adressa à un drôle de personnage. De loin, il avait l'air d'un homme, mais en fait, il avait une tête de poulpe et ses huit bras faisaient comme un col qui descendait sur son costume noir. Avec le nœud papillon, ça faisait un effet assez bizarre, d'autant que les bouts de ses bras bougeaient dans tous les sens, chacun occupé à une tâche différente.

Le capitaine se posta en face du poulpe et dit d'un ton autoritaire :

— Je dois partir au plus vite.

— Oui monssssssssssssssssieur, identificassssssssssssion, sssssssssssssssil vous plééééééé, demanda la créature.

— Black Jack, son fils Jack Junior pour le vaisseau « La Dame de la Lune », répondit le capitaine sans se démonter.

— Oui monsssssssssssssssssieur, papiers ssssssssssssil vous plééééééé.

— Comment les papiers ? s'exclama mon compagnon. J'ai été enregistré à mon arrivée ! Tous mes papiers sont en ordre et se trouvent déjà dans le système. Mon départ est prévu aujourd'hui depuis trois jours. Qu'est-ce que vous voulez de plus ? Vous savez qui je suis, non ? Black Jack, le capitaine de la Dame de la Lune ! Mais comment traite-t-on les gens d'importance, dans votre astroport ? C'est un scandale ! s'écria-t-il avec agressivité.

L'homme-poulpe regarda le capitaine un instant sans bouger, puis cligna deux fois des paupières et appuya sur un bouton vert.

— Ouiiiiiiiiiiiiiiii monsssssssssssssssssieur, il est un monsssssssssssssssieur qui ne veut pas donner sssssssssses papiers de départ. C'est un Black Jack monssssssssssssssieur, l'entendis-je susurrer.

Une minute plus tard, l'homme-poulpe se tourna vers un capitaine fulminant.

— Excuzzzzzzzzzzzzez, monssssssssssssssieur, tout est en rèèèèèèègle.

— Ah, quand même ! rétorqua le capitaine d'un ton sec.

Il se tourna vers moi, une lueur d'avertissement dans son regard.

— On y va, fiston !

Sans un mot, je lui emboîtai le pas. Il m'entraîna au fond du hall où se trouvaient plusieurs ascenseurs, mais les contourna et entra dans une petite pièce si bien cachée que je n'en aurais pas vu l'entrée sans un examen méticuleux. Nous passâmes devant des gardes à la mine patibulaire, armés d'énormes canons agrémentés de barillets gros comme des cuisses. Ils s'écartèrent à la hâte en nous voyant arriver d'un pas pressé, découvrant un autre ascenseur argenté, décoré de fresques et incrusté de pierreries. Une fois dans la cabine, le capitaine appuya sur le dernier bouton, tout en haut du panneau. L'ascenseur démarra à une vitesse fulgurante et monta si vite que je me sentis presque écrasé contre le sol. Enfin les portes s'ouvrirent sur une plate-forme vide, où nous avions une vue stupéfiante ; l'astroport ! Du moins, c'est ce que je me dis en voyant les innombrables tours semblables à celle sur laquelle nous nous trouvions. Chacune avait des pistes sur plusieurs niveaux, si bien que l'ensemble faisait penser à une immense forêt d'étranges arbres pelés, avec de longues branches tout au long des troncs. Je me tournai vers le vaisseau qui stationnait près de nous… et fus quelque peu déçu. J'adore les films de science-fiction, comme la guerre des étoiles, les histoires d'extraterrestres, bref, tout ce qui se passe dans l'espace et je pensais découvrir le vaisseau de mes rêves, mais là... Je n'avais jamais vu, ni imaginé un truc comme celui-là ! C'était le bidule que j'avais vu depuis ma chambre ! Pourtant, le capitaine avait l'air d'être quelqu'un d'important, je le voyais plutôt dans un gros vaisseau, avec des réacteurs énormes et des canons partout, mais non. Se trouvait en face de moi ce petit machin à peine plus gros qu'une voiture et qui ressemblait à un amas de bulles avec des réacteurs aux fesses. Black Jack remarqua mon étonnement.

— Voilà mon fier vaisseau ! Qu'en dis-tu ?

— Hum, je l'imaginais plus grand... osai-je avouer.

Mais je ne voulais pas le vexer – d'autant qu'il avait l'air ombrageux – alors j'ajoutai hâtivement :

— Mais il a l'air efficace !

— Hahahahahaaaaa, je t'ai bien eu ! C'est le module pour aller au vaisseau qui est, lui, beaucoup trop grand pour stationner ici. Tu le verras quand nous serons dans l'espace. Allez viens, je vais te montrer comment ça marche et tu pourras même essayer de le piloter.

Quoi, quoi, quoi ? J'avais bien entendu ? Piloter le module ? Waow, génial ! Je ne posai plus de question et, oubliant mes doutes à la perspective de toucher l'un de mes rêves du doigt, je suivis le capitaine dans l'étrange engin.

CHAPITRE 4

Le sas s'ouvrit sur un poste de pilotage rempli d'écrans, de boutons et de manettes, tous à environ un mètre cinquante de haut. Deux sièges trônaient au milieu et tout le reste du vaisseau était transparent. On voyait même par terre !

— Ces modules ont été spécialement conçus pour piloter dans un astroport bondé comme celui-ci, me dit Black Jack. Ils sont très maniables et permettent une vision périphérique, ce qui est important quand on a autant de trafic. Certains pilotent comme des ânes, sans parler de ceux qui s'en fichent. En fait, ajouta-t-il après un moment de réflexion, ils volent tous comme des fous. Mais ne t'inquiète pas, je me défends comme pilote et nous serons sortis de l'astroport en un rien de temps. Tu pourras prendre les commandes lorsque nous serons dans l'espace. En attendant, installe-toi dans ce siège et attache-toi, ça va secouer.

J'allais m'installer dans le siège à côté du capitaine, mais j'en sortis d'un bond.

— Mais c'est quoi, ça ? Il a essayé de me ligoter !

— Hahahahaha ! s'esclaffa Black Jack. C'est le système de sécurité ; ces sièges-là te sanglent automatiquement, n'aie pas peur et assieds-toi.

J'eus à peine le temps de m'asseoir et d'être attaché, que déjà le module s'élevait dans les airs et partait en flèche. Sous les mains expertes du capitaine, le petit vaisseau virevoltait à toute vitesse entre des bâtiments aussi gros que des baleines. Il passa sous un énorme engin qui ressemblait à un iceberg, contourna un autre par la droite et évita de justesse la collision avec une sorte de flèche géante. J'en étais à me demander si mon estomac resterait dans mon ventre, lorsque brusquement, le module cessa son parcours chaotique. Nous étions enfin dans l'espace ! Le petit vaisseau traçait une ligne droite en douceur et je pus reprendre un peu mes esprits.

— Waow, vous savez piloter, vous ! Je me suis cru dans les montagnes russes pendant un moment. Burp ! Hic ! Oouooooh, je ne me sens pas très bien…

— Bisalko, amène de la toxifougère pour le gamin !

Aussitôt, le petit dragon fila vers le fond du vaisseau. Il ouvrit un gros sac de cuir marron et en sortit une espèce de feuille toute poilue. De couleur jaune et rouge, elle dégoulinait d'un jus visqueux et verdâtre, on aurait dit une plante toxique.

— Beurk, je ne vais pas manger ça, dis-je dégoûté, d'autant que l'odeur n'était pas très agréable non plus.

— Non seulement tu vas manger ça, mais tu vas le mastiquer longuement avant d'en avaler le jus, me répondit le capitaine sur un ton péremptoire. Tu verras, le goût n'est pas si terrible une fois que tu l'as mis dans la bouche. C'est une plante originaire d'Astrelle qui a des vertus incroyables – et l'une d'elles est de te remettre sur pied lorsque tu as le mal des transports – vas-y, essaye.

Je pris la feuille avec méfiance – elle était poisseuse et collante, erk ! – et la fourrai dans la bouche. Effectivement, le goût n'était pas aussi innommable que je ne le pensais, même si ce n'était pas bon non plus ! Je reconnus une sorte de mélange pomme romarin, à la fois sucré et amer assez bizarre et au moins un autre goût que je n'arrivai pas à identifier. Je mâchai avec application, laissant le jus couler dans la gorge et petit à petit, je sentis les effets de la plante se répandre dans mon organisme. En quelques minutes, j'étais plein d'énergie, prêt à bouffer du lion !

— Très bien, dit Black Jack, qui m'observait depuis son siège de pilote. Viens t'asseoir à ma place et prends les commandes.

Je ne me fis pas prier et sautai dans le siège qui, dans un bourdonnement s'adapta à ma taille en rapetissant. Je lançai un regard étonné au capitaine.

— Ces sièges de pilotage sont tout ce qu'il y a de plus commun dans l'espace, m'expliqua-t-il. Ils doivent s'adapter à toutes les morphologies rapidement. Imagine-toi qu'un poulpe n'a pas les mêmes besoins qu'un humain… Bon, voilà, tu es sanglé. Tu vois ce levier ? C'est pour diriger le vaisseau, un peu comme un joystick. Là, c'est pour les doubles canons des deux côtés de l'appareil, et ce bouton, c'est pour les roquettes en dessous. Tu n'y touches pas. Voici la jauge à carcoal – c'est une espèce de charbon qui produit énormément d'énergie – et voici le mesureur qui nous permet de nous diriger à travers l'espace. Regarde sur cet écran ; ce point rouge, c'est nous. Les points bleus sont les planètes, les lunes, etc., et les autres points rouges sont les autres vaisseaux. Et là, dit le capitaine avec déférence en pointant un gros point rouge sur l'écran, c'est la « Dame ». On la rejoindra en une ou deux heures. Tire le levier vers toi. Très bien. Maintenant, vire à droite, parfait.

Coaché par le capitaine, je pilotai le module à travers l'espace, contournant d'abord les vaisseaux stationnés près de Nimbuline, puis les météorites et autres poussières qui jonchaient notre route. Je vivais un rêve ! Toutes mes lectures et mes films préférés me revenaient en mémoire ; ceux où les héros conduisaient des engins extraordinaires et voilà que c'était mon tour d'avoir une aventure ! Les yeux rivés sur les écrans et concentré par tout ce que me disait Black Jack, je ne vis pas tout de suite l'énorme engin. C'est

Bisalko – encore lui – qui attira mon attention en me balançant sournoisement encore un coup de queue sur l'arrière du crâne.

— Eh mais ! Il faudrait pas que ça devienne une habitude, hein ! C'est pourquoi cette fois, tu… tu…

Mais j'oubliai soudain cette espèce de #єΨф϶ↀڵ!#* de lézard volant et restai bouche bée devant la merveille que je découvrais. La Dame était là, devant moi ! Et elle était gigantesque ! Elle avait la forme d'un de ces fins navires qui sillonnaient nos océans à la recherche d'épices. Des panneaux solaires, pareils à des voiles, partageaient le navire en trois dans le sens de la largeur et tournaient très doucement. Des canons – énormes – s'agrippaient de chaque côté de la poupe et deux écoutilles étaient fixées sur la proue – j'appris plus tard qu'elles cachaient aussi des canons. Je distinguai aussi le château arrière – où devaient se trouver les appartements – et des hublots tout le long de la coque.

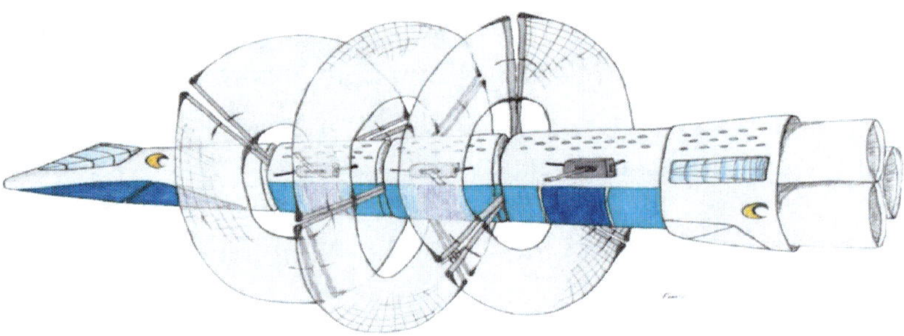

— Il est beau, ce vaisseau !

— N'oublie pas de piloter pour autant, me lança le capitaine.

J'évitai de justesse la collision avec une sonde spatiale en la contournant, la frôlant de très près, puis me dirigeai vers la Dame.

— Petit, je peux te dire que tu es fait pour piloter, me lança le capitaine sur un ton approbateur. Il va falloir que je te dégrossisse, mais tu as déjà de sacrés réflexes.

J'étais très fier de moi, mais je n'oubliais pas ma situation pour autant. Pour l'instant, je n'avais pas d'autre choix que de suivre cet étrange personnage – ce qui me permettait de vivre une aventure merveilleuse, d'ailleurs – mais je me promis de tout faire pour retrouver ma liberté et rentrer chez moi. Enfin, peut-être pas tout de suite... Quand nous fûmes assez près de la Dame, le capitaine reprit les commandes et dirigea le module vers le ventre de son vaisseau où une trappe s'était ouverte pour nous accueillir. Avec une parfaite maîtrise, il se faufila dans l'interstice et se posa sur l'aire d'atterrissage.

— Bon, maintenant, suis-moi, me dit-il. Je t'emmène dans tes quartiers et te laisserai avec Bisalko. Quand tu te seras installé, il te montrera le chemin jusqu'au poste de pilotage. Là, je t'expliquerai pourquoi tu es ici et ce que nous voulons de toi, du moins ce que j'en sais. Je ne pourrai pas te donner toutes les réponses.

Il me montra ma chambre et me laissa seul avec le petit dragon. Je découvris un espace assez grand, avec un hublot, un lit, une armoire, un bureau et une petite salle de bains. Je fus surpris de découvrir quelques-unes de mes affaires, sagement rangées dans l'armoire ainsi que des livres sur le bureau. Enfin, ne sachant que faire et découragé, je me laissai tomber sur le lit.

— Eh bien, Bisalko, on dirait que le capitaine a tout prévu ! Mais enfin qu'est-ce que je fiche ici, moi ? Tu le sais, toi ?

Le petit dragon émit un roucoulement mélodieux et vint se percher sur la table de chevet près de moi. C'est alors que toute mon angoisse et ma tristesse remontèrent et les larmes commencèrent à me piquer les yeux. Mes parents me manquaient – les reverrai-je jamais ? Je me trouvais tout seul, perdu dans l'univers avec pour seul ami un homme que je ne connaissais pas et qui était celui qui m'avait kidnappé. Comment me sortir de ce pétrin ?

— Il veillera sur toi.

— Hein ? Quoi ? Qui a parlé ?

Je regardai tout autour de moi, mais j'étais seul. J'essuyai mes yeux humides d'un geste rageur.

— Il va veiller sur toi, parce que tu es une personne importante pour lui. Et si tu es important pour lui, tu l'es pour moi aussi.

C'est alors que je me souvins de ce que le capitaine avait dit au dragon lors de notre rencontre : « Pas de poussée télépathique… »

— Bisalko, c'est toi qui me parles ?

— Oui. Black Jack m'a défendu d'entrer dans ta tête, mais tes larmes me font de la peine. J'ai l'impression que tu as besoin d'un ami. Tu ne dois pas t'inquiéter, petit. Le capitaine est un homme bien, même s'il est un pirate. Il ne te fera aucun mal et tu reverras tes parents.

— Comment le sais-tu ?

— Je le sais, c'est tout. Mais je n'ai pas le droit de te donner plus de détails, on me l'a défendu.

— Tu es vraiment un animal extraordinaire.

— Nous autres, dragons, ne sommes pas des animaux, répliqua Bisalko sur un ton vexé. Nous sommes une espèce évoluée et à part. D'ailleurs, Black n'est pas mon maître, c'est mon ami. Les dragons choisissent leurs fréquentations avec soin et seule une espèce intelligente et créative peut mériter cet honneur. Même si les humains ne sont pas aussi intelligents que nous, les dragons, ils sont suffisamment malins pour être intéressants et vous nous faites bien rire. Mais laissons cela. Tu dois avoir les réponses à tes questions et le capitaine n'aime pas attendre, allons-y, petit.

Oubliées les larmes. Étonnamment rassuré par le dragon, je le suivis dans les méandres du vaisseau. Il filait si vite que je faillis le perdre une fois ou deux ! Après trois couloirs, deux ascenseurs, de nouveau des couloirs et plusieurs volées de marches, nous arrivâmes derrière une haute porte à double battant. Le petit dragon vert modula un sifflement strident et le sas s'ouvrit.

Si j'avais été impressionné par le nombre d'écrans, de manettes et de boutons dans le module, ce n'était rien en comparaison de ce que je voyais là. Des dizaines et des dizaines de commandes et d'écrans tapissaient le poste de pilotage et une paroi entière dévoilait l'espace et ses étoiles. Des « gens » étaient assis dans des fauteuils, affairés à diverses tâches. Quatre sièges occupaient le milieu de la pièce et le capitaine était affalé dans l'un d'eux, donnant des ordres. Dès qu'il me vit, il se leva et vint vers moi.

— David ! Parfait ! Viens avec moi sur le pont supérieur.

Nous montâmes un escalier qui menait à une sorte de mezzanine au-dessus de la salle de commande. Il y avait là un canapé défoncé mais confortable, deux vieux fauteuils à moitié déchirés, une table basse rayée, un bar et un grand écran plat. On se serait cru dans un salon terrien normal – et un peu pourri. Le capitaine me désigna l'un des fauteuils et se jeta sur l'autre de travers, ses jambes pendant sur l'accoudoir, pendant que Bisalko se vautra dans le canapé.

(Il ne manquait plus qu'un petit sifflement flûté et un petit
lanc et bleu pour compléter le tableau !
K, dis-je au capitaine. C'est dur à croire, mais je veux bien
ffort.
auras des preuves de tout ce que j'avance en temps utile,
ndit-il. Draguilée, c'est la planète de Bisalko. Elle est
lement habitée par des colonies de petits dragons… Oui,
ccord Bisalko, les dragons ne sont pas petits, ils ont une
rfaite, là ! Donc, reprit le capitaine sur un ton agacé, sur
nète, outre de nombreux animaux et plantes, il y a plu-
olonies de dragons-à-la-taille-parfaite. Mais ce n'est pas le
ortant… Quoi ? Aaaargh Bisalko ! Oui, les dragons sont
les plus importants, laisse-moi finir à la fin ! Je n'arriverai
out, si tu m'interromps tout le temps !
, le dragon-à-la-taille-parfaite s'en alla se percher sur la
e, lançant un regard embrasé de colère à Black Jack. Le
haussa les épaules et continua son récit.
se trouve que cette planète maintient l'équilibre espace-
ans notre dimension. On ne sait pas comment, ni pourquoi,
st vrai. On l'a découvert par hasard lors d'une guerre qui
ué la plupart des mondes connus ; il y a quelque temps,
mmonde, un Gouparil, installa sa dictature sur une grande
notre espace. Il s'appelait Perneil et s'est approprié le
haut commandant de la chasse royale – inutile de te dire
l'avait pas mérité, il s'est juste autoproclamé comme tel.
a ne lui suffisait pas ; il voulait avoir le pouvoir du temps.
illeurs presque réussi à l'obtenir. Pour cela, il changea
de Draguilée. Ont suivi alors des cataclysmes sans précé-
s planètes se sont désintégrées, vieillissant à toute vitesse,
sont apparues de nulle part et d'autres encore sont demeu-
es dans le temps, immobilisées avec tous leurs habitants.
si cela ne suffisait pas, en poussant Draguilée hors de
te, Perneil a ouvert une faille interdimensionnelle et des

CHAPITRE 5

Black Jack me regarda un moment avec attention, sans rien dire, puis :

— Bien, mon garçon. Je suppose que Bisalko t'a déjà parlé.

Il avait dit cela en fronçant ses sourcils à l'intention de ce dernier (ce qui n'eut aucun effet sur le petit dragon).

— Je crois que tu t'intéresses un peu à l'espace et aux étoiles, n'est-ce pas ? Alors sache que nous nous trouvons aux abords de la constellation de la Lyre, ça te dit quelque chose ? Oui ? Bien. Dans cette constellation, il y a des étoiles, mais surtout une planète qui a l'étrange faculté de se mouvoir dans le temps et les dimensions. C'est ce qui fait que les Terriens n'ont aucun moyen de la repérer et donc ils ne la connaissent pas. Oui, oui, ce genre de chose existe. Ce serait techniquement difficile à t'expliquer, mais en gros, Draguilée est née et se situe exactement dans un passage temporel et dimensionnel. Du coup, en plus des cycles saisonniers, comme sur toutes les planètes, elle a un cycle dimensionnel qui la fait... euh... comment dire... sauter dans d'autres dimensions. Ça t'en bouche un coin, hein ?

Je regardai le capitaine, dubitatif – son histoire ne tenait pas la route. Une planète qui fait des sauts dans le temps et les dimensions maintenant ! Pourtant... je me trouvais bel et bien dans un vaisseau spatial, entouré d'êtres tout droit sortis de la guerre des étoiles. Il ne manquait plus qu'un petit sifflement flûté et un petit droïde blanc et bleu pour compléter le tableau !

— OK, dis-je au capitaine. C'est dur à croire, mais je veux bien faire l'effort.

— Tu auras des preuves de tout ce que j'avance en temps utile, me répondit-il. Draguilée, c'est la planète de Bisalko. Elle est principalement habitée par des colonies de petits dragons... Oui, oui, d'accord Bisalko, les dragons ne sont pas petits, ils ont une taille parfaite, là ! Donc, reprit le capitaine sur un ton agacé, sur cette planète, outre de nombreux animaux et plantes, il y a plusieurs colonies de dragons-à-la-taille-parfaite. Mais ce n'est pas le plus important... Quoi ? Aaaargh Bisalko ! Oui, les dragons sont les êtres les plus importants, laisse-moi finir à la fin ! Je n'arriverai pas au bout, si tu m'interromps tout le temps !

Vexé, le dragon-à-la-taille-parfaite s'en alla se percher sur la rambarde, lançant un regard embrasé de colère à Black Jack. Le capitaine haussa les épaules et continua son récit.

— Il se trouve que cette planète maintient l'équilibre espace-temps dans notre dimension. On ne sait pas comment, ni pourquoi, mais c'est vrai. On l'a découvert par hasard lors d'une guerre qui a impliqué la plupart des mondes connus ; il y a quelque temps, un être immonde, un Gouparil, installa sa dictature sur une grande partie de notre espace. Il s'appelait Perneil et s'est approprié le titre de haut commandant de la chasse royale – inutile de te dire qu'il ne l'avait pas mérité, il s'est juste autoproclamé comme tel. Mais cela ne lui suffisait pas ; il voulait avoir le pouvoir du temps. Il a d'ailleurs presque réussi à l'obtenir. Pour cela, il changea l'orbite de Draguilée. Ont suivi alors des cataclysmes sans précédent ; des planètes se sont désintégrées, vieillissant à toute vitesse, d'autres sont apparues de nulle part et d'autres encore sont demeurées figées dans le temps, immobilisées avec tous leurs habitants. Comme si cela ne suffisait pas, en poussant Draguilée hors de son orbite, Perneil a ouvert une faille interdimensionnelle et des monstres sont venus s'installer sur nos planètes. Il a fallu les chasser, tout en cherchant à liquider ce vendu de Gouparil. On a réussi, mais ça n'a pas été sans mal. Perneil a été bouffé par un immense ptérodastèle (un de ces monstres venus d'une autre dimension) et enfin nos scientifiques ont pu remettre Draguilée sur son orbite. Les portes sur les autres dimensions se sont alors refermées et il ne nous restait plus qu'à traquer les monstres qui étaient restés. Et voilà, fin de l'histoire.

Je ne rêvais pas, je me trouvais bel et bien dans un film de science-fiction ! Et le récit du capitaine était captivant. Il me tardait d'en apprendre plus et Black Jack devait bien le sentir.

— Tu veux boire quelque chose ? Oui ? Je te propose du jus de paumdale, c'est un fruit qui pousse dans le royaume de Khergon. C'est sur Terre, mais dans une autre dimension, justement. Tu verras, c'est très bon.

Se détournant, le capitaine ouvrit un buffet, en sortit une grosse brique orange et nous servit un liquide rouge et transparent. Il avala le contenu de son verre d'une traite, puis reprit :

— Maintenant je vais te parler de Draguilée. Les dragons qui y vivent sont répartis en quatre clans. L'un des clans, celui des Alfarites, est dépositaire d'un vieux grimoire qui renferme toute la sagesse et tous les savoirs des dragons, de tous les territoires et ce, depuis des milliers d'années. C'est le mage d'Alfarite qui a créé ce grimoire, il y a de ça plus de cinq mille ans. À la base, c'était seulement pour y répertorier ce qui se passait sur la planète, mais sa magie était si puissante, que le grimoire a développé une sorte de personnalité. On peut dire que c'est un peu le vieux savant qu'on vient voir quand on ne trouve pas de solution à un problème. Il a tellement évolué que tu n'as même plus besoin de le feuilleter ou l'étudier ; il te suffit de décrire ton problème à haute voix et le grimoire te donne la réponse.

— Ton histoire est passionnante, capitaine, interrompis-je. Mais je ne vois pas le rapport avec moi, tu peux être un peu plus clair, s'il te plaît ?

— C'est justement là que tu entres en scène, David, rétorqua le capitaine. Le grimoire t'a nommé et a exigé de te rencontrer.

— Moi ? Quelle idée ! Je ne suis qu'un Terrien qui ne connaissait même pas l'existence de tous ces mondes hier ! Qu'est-ce qu'il me veut, ton bouquin ?

— Mais qu'est-ce que j'en sais, moi ! s'énerva Black Jack. Il est le seul à pouvoir répondre à cette question. Il a exigé ta venue et ordonné que ce soit moi qui aille te chercher, c'est tout. Et on ne refuse rien au grimoire, il a trop d'importance, même pour les autres mondes. Ceci dit, j'ai quand même une théorie ; je pense que l'ouverture de la porte interdimensionnelle a causé plus de ravages que ce qu'on pensait et apparemment, tu détiendrais la solution du problème, ou au moins une partie de la solution. Mais patience, nous en saurons plus demain.

Je regardai le capitaine et Bisalko, interdit. Comme ça, c'était tout ! Un vieux livre tout pourri dit que je dois lui être amené, et on m'arrache à ma vie pour me catapulter dans l'espace et aller à sa rencontre dans un monde incompréhensible, peuplé d'espèces bizarres, et je devrais en être content, peut-être ? Bisalko vola vers moi, se percha sur mon épaule et me lança un regard interrogatif. Énervé, je lui demandai :

— Tu veux quoi, toi ?

— Te parler, mais pour ça, je dois entrer dans ta tête. Puis-je ?

Étonné de sa soudaine sollicitude, je fis oui et je sentis tout de suite sa présence dans ma tête. Le petit dragon me dit que c'était un grand honneur d'être seulement nommé par le grimoire. On n'imagine même pas être appelé par lui ! Il ajouta que j'étais déjà considéré comme un héros, un brave qui venait pour sauver le monde et que je serais honoré par tous les Draguiléens. Il me jura qu'une fois ma tâche accomplie, je pourrais retourner parmi les miens, mais que pour le moment, ils avaient besoin de mon aide.

— D'accord, Bisalko, dis-je radouci. Allons voir ce que le grimoire veut de moi. Ensuite, je déciderai. D'ailleurs, je n'ai pas vraiment le choix, n'est-ce pas ?

— Voilà qui est parlé, dit Black Jack en souriant. Préparons-nous pour la soirée, je ne sais pas pour toi, mais moi, j'ai faim ! On va manger, passer la nuit dans le vaisseau et demain au petit jour, nous débarquerons sur terre draguiléenne.

Il m'entraîna dans une pièce tout en haut de son bâtiment. La salle à manger se trouvait dans une sorte de bulle géante et transparente, dont le plafond dévoilait les étoiles et l'espace infini. Bisalko se posa tout de suite sur la table, la mine gourmande pendant que le capitaine se tournait vers une sorte de commode pour mettre de la musique. Je reconnus tout de suite la chanson qui se jouait. C'était un groupe de rock que j'aimais beaucoup et que j'écoutais tout le temps. Content d'avoir les mêmes goûts musicaux que mon hôte, je m'installai sur un siège confortable et attendis la suite des évènements.

Et nous passâmes une chouette soirée ! Le repas fut succulent et la compagnie excellente ! Le chef cuisinier (une sorte d'oiseau immense avec des poils à la place des plumes et qui s'exprimait par des sifflements et des trilles), nous avait préparé un savoureux repas. Pour le dragon, de la viande crue de maringeore (une sorte de vache, grosse comme un éléphant, dont la peau était hérissée de poils épais comme des câbles et durs comme de l'acier), alors que le capitaine et moi eûmes la joie de l'avoir cuite à point, arrosée d'une délicieuse sauce à la crème et accompagnée de racines de la planète Brixoviennnaljuu… Brixiovinnelaj… enfin d'une planète avec un nom à coucher dehors, et de petites courgettes… de la Terre. Le capitaine m'expliqua que les meilleurs légumes provenaient de la Terre. MA Terre. Il m'avoua qu'ils étaient volés, car notre planète est laissée dans la complète ignorance des vies et dimensions extraterrestres (pour le bien des Terriens, selon lui). Et pour le dessert… aaaaaaaaaaaaaah le dessert ! Nous eûmes droit à une pièce montée en chocolat, haute de près d'un mètre, représentant la Dame de la Lune. Le corps du vaisseau était en mousse, les réacteurs en biscuit trois chocolats et les voiles en filaments de caramel. Le tout tenait en équilibre parfait – et ne résista pas longtemps à nos assauts ! Le chocolat était aussi un produit de la Terre, mais contrairement aux autres denrées, il était acheté à prix d'or à des chocolatiers de renom, seuls humains au courant de l'existence des extraterrestres. J'aurais plutôt cru que des chefs d'État ou des agences d'espionnage seraient mis dans la confidence, mais le capitaine éclata de rire en me disant que cette engeance-là était à éviter à tout prix et que la royauté galactique ne pouvait pas prendre le risque de divulguer l'existence des autres dimensions à des gens trop stupides pour comprendre (ou trop cupides pour en respecter les règles). Les êtres humains ont la réputation d'être malhonnêtes et de compliquer tout ce qu'ils font, par conséquent, les extraterrestres évitaient avec soin toute personne ayant des liens avec eux.

Au cours de la soirée, Black Jack et Bisalko se montrèrent d'humeur particulièrement loquace et ils m'apprirent certaines de leurs aventures, notamment comment Black Jack devint pirate et un personnage influent. Je compris que c'était souvent Bisalko qui l'entraînait dans des histoires rocambolesques et parfois très dangereuses. Ces deux-là avaient une relation fraternelle très forte, malgré la différence d'espèce et bien des fois, ils s'étaient mutuellement tirés d'épineuses situations.

Comme la fois où Bisalko avait « emprunté » le vaisseau-chanteur d'un Tractalyde, un être qui pourrait nous faire penser à un arbre mélangé à une guêpe et dont la race est d'une nature particulièrement agressive. Ça n'aurait pas été si grave, si la bestiole en question n'avait pas été un fils de roi. Black Jack, après avoir récupéré Bisalko qui contait fleurette à une charmante Draguiléenne en frimant avec le vaisseau, dut ramener ce dernier de toute urgence sur la planète du Tractalyde. Comme ces vaisseau-chanteurs sont rares et de grande valeur, ils sont très convoités et, sur le chemin de retour, le capitaine fut attaqué par des mercenaires. Ces derniers réussirent à s'emparer du vaisseau-chanteur et à le ramener dans leur planque où ils pensaient le garder au chaud pour le vendre plus tard.

Après diverses pérégrinations, Black Jack réussit à regagner le vaisseau sur un pari – en trichant, bien sûr – puis à le ramener à son propriétaire légitime. Heureusement, les lois des Tractalydes sont très dures envers ceux qui abîment ou perdent leur vaisseau et le fils de roi, heureux de retrouver son bien intact, laissa ce petit voyou de Bisalko s'en aller sans exiger de réparation mais en échange de son silence sur cette affaire !

Black Jack me décrivit aussi les différentes planètes qu'il avait visitées, leurs habitants et leurs coutumes. Il était passionnant et les interventions de Bisalko, qui ajoutait force détails et anecdotes me firent rire aux éclats. Grâce à la télépathie, il me permit de voir comme dans un film les paysages et les personnes qu'ils avaient rencontrés ; c'était étrange et fabuleux. Mais la planète dont ils me parlèrent le mieux fut Draguilée. Le capitaine était si enthousiaste que je me réjouissais d'y atterrir.

Il était tard lorsqu'il se leva soudain d'un bond.

— Mais oh là làààààà, il faut aller te coucher, jeune homme ! Dans quelques heures nous arriverons et tu auras besoin de toutes tes forces ! Va au lit, petit. Bisalko viendra te réveiller lorsqu'il sera temps de débarquer.

Nous nous serrâmes la main et à ce moment je sus que j'avais un homme bien en face de moi. Je décidai, contre toute prudence, que je pouvais lui faire confiance. Je retournai seul et sans me perdre dans ma chambre (j'ai une excellente mémoire topographique) et me couchai la tête pleine d'histoires, d'étoiles et de rêves.

CHAPITRE 6

Le lendemain, nous eûmes un déjeuner à nouveau pantagruélique. Des fruits frais – tous plus bizarres les uns que les autres – des jus de diverses couleurs, des crêpes, du pain, toutes sortes de confitures et même de la pâte à tartiner au chocolat. Le rêve, pour moi qui aime tant manger ! Bien sûr, il y avait aussi de la viande crue pour Bisalko qui engouffra un morceau aussi grand que lui, sans sourciller ! Le capitaine, voyant mon air ravi et surpris, me lança un regard amusé.

— Tu croyais qu'on ne prenait pas de petite collation au lever ? Artis (le cuisinier) ne nous laisserait pas faire un seul pas sans que nous ayons mangé un « petit quelque chose ». Tu verras, à ça aussi, tu t'habitueras.

Après les agapes du matin, nous débarquâmes enfin sur la planète tant convoitée, sur une piste d'atterrissage pour le moins spéciale (autant que je puisse dire, vu que tout était nouveau pour moi).

Même le capitaine, un vieux baroudeur de l'espace qui avait tout vu ou presque et qui connaissait Draguilée, semblait émerveillé. Le sol était rouge vif et lisse comme une gemme polie, on aurait dit du grenat. Pourtant, le revêtement ne glissait pas et c'est sans difficulté que nous marchions le long de la piste. Au loin, des bâtiments de même teinte se profilaient. Bas et rectangulaires, ils faisaient penser plus ou moins à de gros hangars avec de grandes baies vitrées. Nous avions laissé le module assez loin (surtout des autres vaisseaux) et je distinguais mal les êtres qui se pressaient autour de ces derniers. Je voyais cependant très clairement que des dragons étaient occupés soit à décharger des bagages, soit à inspecter les appareils et que les passagers ne ressemblaient à rien de connu. Ma curiosité en éveil, je me réjouissais à l'idée de nous enregistrer, ce qui m'aurait permis d'observer tous ces étranges personnages de plus près, mais nous passâmes au large des bâtiments sans nous arrêter, ni rencontrer âme qui vive. Je me tournai vers le capitaine, mais ce fut Bisalko qui m'apporta la réponse à ma question.

— Pas besoin d'enregistrement, je te rappelle que mon peuple est télépathe. Nous sommes capables de déceler un ennemi ou des besoins particuliers à plusieurs milliers de kilomètres de distance. Draguilée est au courant de la venue de Black Jack. C'est un ami et en plus, il est avec moi, du coup, tu ne verras personne.

— Vous avez des dragons qui font uniquement ça ? sonder l'espace ?

— Oui, c'est un travail à plein temps ! Nos rapporteurs spatiaux – les dragons qui sondent les arrivées – sont actifs H 24 et disséminés sur la planète – ce serait dangereux de les regrouper en un seul endroit ; ils seraient une cible trop facile pour un ennemi. Sans eux, Draguilée est sourde et aveugle.

— À combien de kilomètres portez-vous, déjà ? demanda Black Jack.

— Ça dépend du dragon. Nous recrutons les rapporteurs spatiaux parmi ceux qui ont les plus longues portées ; le meilleur peut sonder jusqu'à la limite de la mésosphère. Et par temps humide, la portée s'allonge, répondit Bisalko avec tant de prétention qu'il en était drôle. Ça a l'air loin, mais sur l'échelle de l'espace, ce n'est pas suffisant en cas d'attaque. On a donc aussi des postes de portée haute où nous avons quelques appareils qui permettent de sonder jusqu'à l'exosphère.

— Je pourrai voir une fois tout ça ? demandai-je plein d'espoir.

Mais Black Jack ne permit pas à Bisalko de me répondre.

— Une autre fois peut-être, nous ne pouvons pas nous attarder, dit-il. Il faut aller tout de suite voir le grimoire pour que David puisse lui parler.

— Pour David, il n'y a aucun problème, dit Bisalko sur un ton ennuyé, il a été appelé par le grimoire, il est attendu. Mais il y a un protocole à respecter pour toi, Black Jack, même si tu es… qui tu es.

Le capitaine fit face à Bisalko, une expression de stupeur sur le visage.

— Comment ? Mais je suis… enfin c'est moi ! s'écria-t-il.

Le petit dragon le fixa d'un air sombre et le capitaine arrêta net sa tirade. Reprenant sa contenance, il finit par lâcher aigrement :

— Pff, d'accord, de toute façon, je sais déjà tout ce qu'il va se passer.

Le visage fermé, il tourna les talons et poursuivit sa route à grands pas. J'étais un peu surpris que le capitaine ne soit pas convoqué auprès du grimoire, mais le petit dragon m'informa que seuls lui et moi étions attendus. Le grimoire est si précieux que les visiteurs sont triés sur le volet et même les personnes importantes peuvent se voir refuser l'entrée. Puis, abandonnant son ton de professeur, il s'arrêta et me regarda intensément.

— Alfarite n'est pas loin à vol d'oiseau, mais à pied, on en a pour plusieurs heures, dit-il pensivement.

— Le capitaine ne vient pas avec nous ?

— Ne t'inquiète pas pour lui, il est seulement vexé. Il nous rejoindra là-bas. Il va s'installer chez moi bien tranquillement et nous attendre, les pieds sur la table. Je le reçois toujours, malgré ses détestables habitudes d'humain. Mais assez parlé, recule-toi, je dois retrouver ma taille normale et ça pétarade un peu.

Je me reculai de deux pas prudents, puis encore de trois sur un signe très clair de Bisalko. Finalement satisfait, il ferma les yeux. Au bout d'un moment, ses écailles laissèrent échapper une fumée brune avec un bruit de marmite à pression, comme s'il avait le feu à l'intérieur. La fumée l'engloutit bientôt entièrement, puis s'étendit pour devenir un nuage de la taille d'un très grand homme. Je ne voyais plus du tout le dragon. Soudain, une explosion me déchira les tympans et toute la fumée tomba d'un coup au sol comme si c'était de la cendre. Et là, il y avait Bisalko. C'était le même dragon, mais en plus grand.

— Waow ! dis-je impressionné. C'est génial, ce que tu peux faire !

— Rien de plus facile pour MOI, je suis l'un des plus doués de mon espèce. Viens David, nous devons aller sans tarder auprès du grimoire. Mes confrères sont impatients de te rencontrer et le grimoire m'a lancé pas moins de trois appels. Encore un de plus, et je risque de me montrer impoli, ce qui ne serait pas en ma faveur !

— Alors allons-y, je te suis !

CHAPITRE 7

Mais Bisalko ne bougeait pas et me regardait d'un air ennuyé. Soudain, il ajouta :

— Ce serait plus rapide d'y aller en volant. Tu ne sais pas voler, par hasard ? me demanda-t-il, le ton plein d'espoir.

— Aaaaah non. Non, je n'ai pas d'ailes, moi, répondis-je un peu surpris.

— Je me demande… mais on n'a pas le temps… pourtant, ce serait bien pratique… mais il te faudrait apprendre et j'ignore si tu es rapide ou un peu lent.

— Mais quoi, à la fin ? demandai-je, agacé par les hésitations de mon camarade.

— Tu… Tu m'as entendu ?

— Ben oui, tu penses tellement fort que j'ai reçu tes idées en plein dans la tête.

— Tu es plus sensible que je ne le croyais. Ça vaut peut-être la peine de tenter le coup, alors… Oui, je pourrais te transmettre une partie de mes pouvoirs. Celui de voler, déjà. Comme ça, je n'aurais pas à te porter sur le dos…

Et je compris au ton qu'il avait utilisé, qu'il n'avait pas DU TOUT envie de porter quelqu'un sur son dos. Qu'il était fier, ce dragon ! Il reprit ses réflexions.

— La télépathie ? Oui, oui, ça peut être utile aussi, d'autant que tu as déjà une bonne base naturellement…

— Tu peux me donner le don de me transformer, aussi ? demandai-je.

Voyant qu'il hésitait, je tentai ma chance et insistai :

— Au lieu du don pour voler, tu vois ? Je me change en oiseau et je peux voler. Ou en p'tite fourmi et je me cache dans la poche de Black Jack… ce serait cool ! dis-je plein d'espoir. Allez, s'il te plaît ! Je te promets d'écouter tous tes conseils !

Il me soupesa du regard, apparemment étonné par ma suggestion, il ne s'était pas attendu à ma réaction. En fait, il avait plutôt prévu que je refuse sa proposition, terrorisé et méfiant. En réfléchissant à haute voix, il voulait me tester et maintenant que je m'étais jeté sur l'idée, il était trop fier pour reculer ou admettre que ce n'était pas possible. Tant pis pour lui, c'était l'occasion rêvée pour moi et je n'allais pas la laisser passer si facilement.

— D'accord, trancha-t-il. C'est facile de transmettre les pouvoirs, mais pour les maîtriser, par contre, il faut de la pratique, de la concentration et de la sagesse. C'est un long apprentissage et nous n'avons pas le temps. Tu vas me jurer de ne pas utiliser tes pouvoirs tout neufs sans que je sois là pour te guider. AUCUNE EXCEPTION ! Et prends garde, David, si tu filoutes, je le saurai ! C'est bien clair ?

Je fis oui de la tête, trop heureux de l'opportunité que la fierté du dragon me donnait. Il me fit signe de m'asseoir et dessina un cercle sur le sol tout autour de moi, puis il en dessina un deuxième, dans lequel il se plaça. Enfin, il relia les cercles d'un trait.

— Voilà. Ce sont des cercles de transmission. Ils symbolisent nos deux êtres et ce trait est le passage de mes pouvoirs vers toi. C'est un peu primaire, mais ça suffira. Ah, euh, il faut quand même que je te prévienne, ça peut être douloureux…

Je n'eus pas le temps d'assimiler le sens de ces paroles, car Bisalko avait fermé les yeux et commençait ses incantations. C'était une suite de grondements et de sifflements harmonieux et hypnotisants, je saisis quelques mots et parfois une idée, mais c'était tout. Soudain, Bisalko me fixa et me dit d'ouvrir mon esprit, mon cœur et mon être pour recevoir son cadeau. Je fis alors le vide en moi. Pendant un petit moment, rien ne se passa, mais soudain, je reçus une décharge psychique d'une telle violence, que je crus que ma cervelle fondait ! C'était le premier don de Bisalko, la télépathie. Il poussa sa pensée avec force tout au fond de mon cerveau, lacérant mes pensées, brisant mes idées jusqu'à la dernière, remettant tout en question dans une vague de souffrance ravageuse qui descendit tout au fond et cessa brusquement.

J'étais anéanti.

Haletant sur le sol, je peinais à retrouver mes esprits et je n'étais pas remis de mes émotions et de mes douleurs, lorsque tout recommença, presque plus fort. Cette fois, la douleur fulgura jusque dans mes entrailles, j'avais l'impression de gonfler jusqu'à éclater. Bisalko me transmettait son don de métamorphose. Je hurlai de douleur, j'étais pris de tremblements violents, puis j'eus la sensation de tomber et enfin… le trou noir.

Lorsque je rouvris les yeux, Bisalko était penché sur moi, la mine inquiète. J'essayai de parler, mais ma langue était si sèche et ma gorge si serrée, que je ne pus dire un mot. Tremblant, je m'assis et tâtai ma tête, surpris d'être en vie et en un seul morceau après cette expérience si difficile.

— Je n'ai jamais vu quelqu'un de si sensible et réceptif ! s'étonna le dragon. Tu as réagi tellement fort, que j'ai failli te transmettre tous mes pouvoirs d'un coup au lieu d'une partie seulement ! Normalement, on ne « copie » que le pouvoir qu'on veut donner et un seul à la fois, tu auras remarqué que c'est assez dur à supporter, mais il m'a fallu un effort surdragonien pour te résister et fermer la porte entre nous. C'est incroyable ! Je comprends maintenant pourquoi le grimoire est si impatient de te voir, tu es vraiment un Terrien exceptionnel !

— Aaah, tu crois ? dis-je en chevrotant.

Bisalko approuva, la mine grave en me donnant une toxifougère. Je m'empressai d'enfourner et de mâcher la plante avec reconnaissance. Je sentis ses bienfaits se répandre dans chaque parcelle de mon corps et calmer mes douleurs. Peu à peu, les tremblements aussi cessèrent et mon énergie revint. Très vite, je me sentis d'aplomb et pus remarquer certains changements.

J'étais conscient de l'existence de chaque cellule de mon corps ; chacune m'apparaissait comme un individu à part entière et je sus que je pouvais leur ordonner ce que je voulais.

— On va tout de suite tester ton don de métamorphe, me dit Bisalko. Pense à un oiseau ; plumes, bec, pattes, yeux, ailes, tout ce que… Hé, pas si vite !

Les paroles de Bisalko se perdirent alors que je tentais de me concentrer sur un oiseau. Je sentis d'abord des picotements, puis une sorte de chaleur se répandre dans tout mon corps et une étrange vibration gagner chacune de mes cellules. D'abord à peine perceptible, la vibration enfla jusqu'à devenir presque insupportable, et soudain pfiouuut, je ne sentis plus rien. Incrédule, je rouvris les yeux. Je me sentais différent ; le goût du sang et les odeurs me remplissaient la tête et je ressentais une espèce de sauvagerie s'emparer de moi ; je m'étais transformé ! C'était hyperrapide et d'une simplicité enfantine ! J'étais si fier d'avoir réussi aussi facilement. Mais je n'eus pas le temps de me la raconter, car l'instinct de l'animal prit le contrôle de mes pensées.

— Me voilà oiseau, pensai-je. Je vais chasser ! J'ai envie de sang, là, tout de suite ! Je vais chasser…

C'est alors que Bisalko m'avertit.

— Ne te perds pas, David, attention ! L'animal en toi peut prendre le pouvoir, ne le laisse pas faire.

Mes pensées redevinrent humaines d'un coup et je pus répondre à Bisalko que tout allait bien. Je le sentis rassuré sur mon état, puis lorsque je lui demandai quel oiseau j'étais devenu, je vis sa tête.

— Humpf pffrt oui, bon. On va refaire un essai. Pfffrt !

Il avait de la peine à garder son sérieux et cela n'augurait rien de bon. Je me sentais transformé, c'était certain, mais… en quoi ? Perplexe, je m'approchai d'une grande baie vitrée, qui reflétait le paysage et je me vis.

Enfin, je vis un drôle d'animal à l'endroit précis où je devais me trouver. J'avais bien des ailes, mais elles étaient en peau, ma tête était celle d'un lion, mon corps était recouvert de plumes rouges, six magnifiques pattes de… je ne sais quoi gesticulaient sous mon ventre, et surtout, surtout, j'avais une énorme queue de crocodile qui rendait tout vol très malaisé, voire impossible !

— Oui, bon, le premier essai n'est jamais très concluant, pouffa Bisalko. Refaisons un essai, mais cette fois, écoute-moi jusqu'au bout au lieu de te précipiter ! Tu dois penser à chaque partie de l'oiseau que tu voudrais être mais surtout ne pas en changer. Ne laisse pas ton esprit vagabonder, sinon, tu obtiendras un résultat… particulier. Et n'oublie pas, une fois transformé, tu dois te rappeler que tu es humain, sinon, tu te perdras dans l'oiseau que tu auras choisi et ce sera difficile de « revenir ».

Je me fixai alors sur un aigle royal de toutes mes forces ; le bec crochu, les plumes brunes et blanches, les serres puissantes. Je ressentis de nouveau la chaleur se propager et les picotements me chatouiller et enfin le vide. Petit à petit, les sensations revinrent, le vent sur moi, les odeurs de sel, l'envie de chasser, les traces des insectes et des petits rongeurs… LES TRACES DES INSECTES ET DES RONGEURS ? Je me tournai vers Bisalko et je vis dans ses yeux que j'avais réussi. Lorsque je me regardai de nouveau dans la baie vitrée, j'étais devenu un immense aigle. J'étais un peu désarçonné par les sensations nouvelles que j'éprouvais et je dus faire un gros effort pour repousser l'instinct du rapace, mais ça en valait la peine !

CHAPITRE 8

Je serais encore en train de m'admirer si Bisalko ne m'avait pas rappelé à l'ordre.

— Rappelle-toi que tu es un humain, c'est très important, parce que non seulement tu as l'aspect de l'aigle, mais aussi ses perceptions et son instinct. Les premières fois, on est toujours un peu perdu, mais tu t'y habitueras, tu verras. Eh bien maintenant, tu dois apprendre à voler, et vite. Nous devons partir et nous n'avons que trop tardé pour ce transfert de pouvoirs et ta métamorphose. Vas-y, envole-toi, que je voie comment tu te débrouilles.

Je battis des ailes avec force pour décoller, mais je ne réussis qu'à m'élever de quelques centimètres. Et c'était fatigant ! Petit à petit cependant, je compris comment ça marchait et j'allai plus haut… tout en faisant du surplace. Soudain une rafale de vent me déséquilibra et je m'écrasai lamentablement à côté d'un Bisalko goguenard. Je recommençai.

— Ce n'est pas si facile, de voler, hein ? Tu dois aussi tenir compte du vent et des ondes de chaleur. Hihi, mais tu fais quoi, là ? Hahaha, non, pas comme ça ! Hihihi, hahaha, tu ne t'y prends pas bien, là non plus ! Arrête, tu vas me faire mourir de rire ! s'écria finalement le dragon.

Mais je suis têtu et j'insistai jusqu'à savoir comment me diriger dans les airs sans défoncer un arbre ou labourer les champs. Finalement, Bisalko conclut :

— Ah bravo, là, tu le tiens. Tu sais voler ! Enfin... tu te débrouilles tout juste, mais ça suffira.

J'étais tellement content ! J'arrivais à décoller et me diriger plus ou moins, mais j'étais crevé ! Pourtant Bisalko ne me laissa pas le temps de me reposer.

— Maintenant, on peut y aller, dit-il sans pitié.

Et il s'envola, aussi gracieux qu'un dragon peut l'être. Je le suivis et ne le regrettai pas, car ma fatigue disparut dès que je me sentis porté par le vent. Nous volâmes une petite heure où j'appris à me reposer sur les ondes de chaleur et profiter du vent. Peu après, je fus suffisamment sûr de moi pour m'intéresser au paysage. Nous passâmes au-dessus de collines verdoyantes, ponctuées de bosquets jusqu'à une fabuleuse chute d'eau, puis nous remontâmes le fleuve et arrivâmes à une immense forêt. Finalement, Bisalko bifurqua et atterrit au centre d'une petite clairière. Du ciel, on ne voyait qu'une petite zone dénudée, un trou parmi les frondaisons, mais une fois au sol, je découvris une ville gigantesque. Des cabanes dans les arbres, des avenues entre les racines, tout était en trompe-l'œil et caché, de sorte que la ville était indécelable du ciel. Et il y avait des dragons. Des dragons partout. Bisalko m'entraîna vers un chêne majestueux, sur lequel était fixée une sorte de cabane plate et sans décorations.

— C'est l'avis d'entrée. On doit se présenter aux rapporteurs même s'ils savent déjà que tu es là. C'est la coutume ici et une question de politesse, aussi. Ah oui, il faut que je te prévienne ; comme nous sommes télépathes, nous avons des lois très strictes sur les intrusions mentales. Les rapporteurs sont les seuls, avec les petits et certains autres, à avoir le droit de s'immiscer dans tes pensées sans ton consentement. En plus, ils n'ont le droit que de sonder tes intentions concernant Draguilée, sans aller plus loin.

Ne cherche pas à savoir ce que quelqu'un pense sans son accord, tu risquerais une lourde peine.

Nous entrâmes dans le bâtiment et je me retrouvai face à un immense dragon bleu vif. Il me fixa et me demanda :

— Donc, vous êtes David. Je croyais que vous étiez humain ?

Comme j'allais répondre, Bisalko me coupa hâtivement la parole.

— Non, non, c'est un oiseau. Je vais m'occuper de tout pour lui, je m'en porte garant. Cela pose-t-il un problème ?

— Pas du tout, Bisalko. Alors c'est par ici.

— Toi, tu restes ici et tu ne dis rien à personne ! me glissa Bisalko en douce avant de suivre l'autre dragon.

Ne sachant quoi faire d'autre, j'obéis. Je me doutais que la transmission de pouvoir de tout à l'heure avait été un peu rapide et la réaction de Bisalko me prouvait qu'il ne l'avait pas fait en respectant les règles. Dans quel guêpier m'avait-il fourré ? Résolu à lui tirer les vers du nez dès que possible, je pris mon mal en patience en observant les arrivants. Il y avait une palette incroyable d'êtres vivants ! Certains ressemblaient à des humains, ou des animaux de la Terre (surtout des oiseaux), mais d'autres ne ressemblaient à rien de ce que j'aurais pu voir ou même imaginer. Il y avait des dragons bien sûr, mais aussi une sorte de tigre volant et cornu, un genre de harpie et surtout, un immense guerrier portant une cuirasse poussiéreuse. Il était bardé de lames grosses comme mon bras (enfin mon bras d'humain) et il regardait tout le monde avec les yeux rétrécis et une expression de méfiance sur le visage. Celui-là me faisait un peu peur. Heureusement, Bisalko revenait déjà et, alors que le barbare avait commencé à me fixer au point que je me sentais inconfortable, nous passâmes la porte d'entrée.

— On va aller voir le grimoire, dit Bisalko, mais avant, tu dois retrouver ta forme humaine. Tu feras ça chez moi, inutile de se donner en spectacle… euh, ah oui, il faut que je te dise que je n'avais pas tout à fait le droit de te transmettre des pouvoirs… tu comprends, ça peut être dangereux et tu as remarqué à quel point c'est éprouvant pour celui qui reçoit, du coup, c'est très surveillé. Tu vois, selon nos lois, ce don doit être désintéressé et on ne le transmet que pendant une cérémonie assez formelle, parce qu'en plus, c'est un grand honneur ! Mais bon. Vu que tu es David, je pense que le Conseil fera une exception et puis, je sais ce que je fais. D'ailleurs, tu es là, non ? Mais, on va quand même taire ce transfert pour l'instant, ça nous évitera des questions et bien des ennuis.

— Dis donc Bisalko, t'es gonflé quand même ! Tu ne m'as pas dit qu'il y avait des conditions pour un tel transfert et tu l'as fait dans un but purement égoïste ! Je ne veux pas d'ennuis, moi, alors tu vas reprendre tes dons, direct ! Je ne veux pas être hors-la-loi !

— Ça ne marche pas comme ça, David. On peut donner, mais pas reprendre, c'est à sens unique, me répondit le dragon d'un air ennuyé.

— Zut, Bisalko ! Ça aussi tu aurais dû me le dire !

Je me tus. J'étais furieux, mais ça n'avait pas l'air de le déranger et il m'entraîna rapidement à travers le village. Nous passâmes devant un séquoia gigantesque, puis il me conduisit jusqu'à une petite cabane coincée dans un noisetier. C'était une petite maison bien conçue. Nichée sur les hautes branches, elle avait trois pièces, dont un coin lit, un salon avec une sorte de cheminée et une autre chambre. Enfin, une terrasse dans les frondaisons s'ouvrait suffisamment largement pour permettre au dragon d'atterrir.

— C'est chez moi, sois le bienvenu, David. Ah, tu es déjà là, Black !

— C'est David ? C'est David ! balbutia le capitaine, émergeant de la cabane. Qu'as-tu encore fait, Bisalko ! C'était un petit humain quand je vous ai quittés ! Et maintenant, c'est… mais ma parole, c'est un aigle royal ! C'est bien toi, David ? Mais… attends… non… Bisalko, tu n'as pas fait ça ?

— Si. Allez, Black, je n'ai fait qu'avancer un peu les choses, ça lui servira plus d'une fois ! Et de toute façon, c'est lui qui m'a demandé, ajouta le dragon avec une parfaite mauvaise foi.

— Comment ? Mais non ! C'est toi qui voulais me faire voler et je n'ai fait que te demander de me transmettre le métamorphisme à la place ! Pas une fois tu m'as dit que c'était interdit ou dangereux ! me récriai-je.

— Assez, tous les deux ! C'est fait maintenant et on ne peut plus revenir en arrière ! Nous allons consulter le grimoire sur ce point aussi, pendant qu'on y est, interrompit le capitaine d'un ton cassant. Décidément, vous faites la paire ! J'ai obtenu une dérogation pour vous accompagner et je pense, au vu de vos bêtises, que c'est une bonne chose ! David, redeviens humain, nous allons tout de suite au séquoia, ajouta-t-il sur un ton sans réplique.

Je me fixai sur moi, mes cheveux, mes yeux, les picotements revinrent et pouf ! J'étais redevenu moi. Ce fut si facile que j'en étais surpris. Le sourire du capitaine me fit chaud au cœur.

— Pas mal, pour un débutant. Un aigle royal… pour que Bisalko n'ait pas à te porter sur son dos ?

Comme je faisais oui de la tête, le capitaine ajouta :

— Et tu as supporté le transfert et réussi à apprendre à voler en deux heures ? Vraiment pas mal ! Tu as un don pour le vol ET la métamorphose. C'est bien, ce sera plus facile de faire accepter ce transfert auprès du Conseil.

CHAPITRE 9

Nous partîmes sans tarder pour le séquoia géant. Arrivés en bas de l'arbre, il fallut que Bisalko me prenne quand même sur son dos, vu que je ne pouvais plus voler, ce qu'il fit de mauvaise grâce. Nous entrâmes par la terrasse tout en haut de l'arbre et fûmes reçus par un dragon rouge sang et un autre vert sombre.

— Je te souhaite le bonjour, David, me dit le dragon vert. Je suis Gardalon, intendant maître du séquoia, grand mage du peuple Alfarite de Draguilée, sur le territoire duquel tu te trouves. En tant que maître magicien de ce clan, je suis aussi responsable du grimoire. Et voici, Dragal, maître mage des cracheurs de feu, le clan du volcan, au sud de Draguilée. Maître Islune, maître Kroby et maître Snadelle sont dans la salle du grimoire et nous attendent. Tu vois, chaque clan de Draguilée nous a envoyé son émissaire le plus important pour te rencontrer et découvrir ta destinée – et la nôtre par la même occasion.

— Je te salue, Gardalon, maître magicien des Alfarites. Je te salue Dragal, maître mage des cracheurs de feu, dis-je en inclinant poliment la tête.

Du coin de l'œil, je vis l'expression approbatrice de Black Jack. J'avais bien répondu aux formules de bienvenue de Gardalon.

— Allons, dit Dragal. Le grimoire n'a que trop attendu.

Et il nous fit signe d'entrer.

Je passai la lourde porte en bois et restai interdit devant l'immense salle qui s'ouvrait devant moi. Elle était presque vide. Le parquet en bois luisait doucement à la lueur du jour et chaque pas résonnait comme dans une cathédrale. La pièce était en forme de pentagone dont chaque côté était orné d'un panneau de bois sculpté. J'avais devant moi une succession harmonieuse de tableaux représentant des paysages et des scènes de la vie quotidienne des dragons.

Il y avait un ciel étoilé, un océan, une forêt, un désert et un volcan. Dans chaque représentation, je découvris une myriade de détails : des dragons occupés à chasser ou pêcher, crachant du feu ou se reposant. D'autres, suivis de petits dragons, semblaient donner un cours, certains semblaient faire de la magie. Il y avait aussi toutes sortes d'animaux et des petites étincelles, symbolisées par des pierres précieuses incrustées dans ces merveilleux ouvrages.

Gardalon me tira de ma contemplation en me présentant les autres maîtres mages de Draguilée ; maître Islune, du peuple d'Aquarine, maître Kroby des Monts Torves et maître Snadelle des plaines sableuses de Sandisart. Je saluai poliment chaque mage, intimidé. Je me rendis compte soudain que j'étais au beau milieu de nulle part, encerclé de dragons. Ils avaient tous de grosses griffes, de belles dents pointues et certains devaient pouvoir cracher du feu. Je me promis d'être TRÈS prudent et de ne pas les vexer ou les fâcher…

Après avoir pris cette sage décision, je tournai mon attention vers un très gros livre qui flottait au milieu de la pièce. Il avait l'air ancien. Ouvert presque en son milieu, je voyais les pages jaunies par le temps se tourner toutes seules, comme par magie. Elles étaient couvertes d'une petite écriture serrée que je ne connaissais pas.

Avant que je ne me remette de ma surprise, le livre s'adressa à moi d'une voix claire et enfantine.

— Salut David. Enfin te voilà ! Je me doute que tu as plein de questions à poser, mais je vais d'abord te dire pourquoi je t'ai fait venir jusqu'ici, cela répondra déjà à certaines d'entre elles.

J'eus un hoquet de surprise en entendant la voix du livre, mais, comprenant qu'on n'interrompait pas le grimoire, je me tus et attendis.

— Je crois savoir que Black Jack t'a déjà raconté l'histoire de la guerre intergalactique et du déséquilibre inter-dimensionnel qui en a résulté. Je ne vais donc pas te refaire un cours à ce sujet. J'ajouterai cependant que, lors de ce déséquilibre, des êtres sont entrés dans notre dimension et ont semé la terreur et la mort un peu partout. Oh, il y en a bien quelques-uns qui ne sont que des immigrés sans histoire et ceux-là ne posent aucun problème – toutefois, vu les circonstances, nous les gardons quand même à l'œil. Mais d'autres étaient – et sont encore – nettement moins sympathiques. Et le plus dangereux de tous, nous donne sacrément du fil à retordre. C'est un être malveillant, un assassin de haut vol, d'une cruauté sans limite et d'une ambition dévorante. Malheureusement, il est aussi très malin et un guerrier et stratège hors pair ; malgré une traque permanente, nous n'avons pas réussi à l'attraper, ni à l'empêcher de nuire. Par contre, nous avons pu collecter certaines informations et notamment de quelle dimension il vient ; c'est un monde parallèle qui ressemble beaucoup au nôtre – nous l'avons appelé le monde contraire. Apparemment, les habitants de cette dimension sont en presque tout point identiques à nous, à ceci près qu'ils sont l'inverse. Nos négatifs, quoi. Et cet être que nous recherchons, ce contraire, c'est toi, David.

Je sentis comme un coup de poing dans la figure. Qu'est-ce que c'était que cette histoire ? J'étais un contraire maintenant ? Et un tueur ? Je commençais à me faire du souci, mais le grimoire continua son récit.

— Enfin, je veux dire ton double, David, ton négatif. Pas toi, là, devant moi !

Ouf, je me sentais, mieux. Mais pas longtemps.

— Donc ton jumeau maléfique est une menace intergalactique, reprit le grimoire, il veut tout conquérir et malgré tous nos efforts et tous nos moyens, nous n'avons même pas réussi à l'approcher ! Il nous échappe à chaque fois. On dirait qu'il a toujours une longueur d'avance, comme s'il pouvait prévoir l'avenir ou qu'il était soutenu par une force mystérieuse. Les étoiles elles-mêmes semblent ne pas comprendre ce qu'il se passe. Elles m'ont envoyé des messages complètement incompréhensibles et décousus pendant des années. Nous avons dû nous débrouiller sans elles. Comme nous n'arrivons pas à le traquer, nous avons élaboré un autre plan ; il faut le faire sortir de sa cachette. Mais pour cela, il nous faut un appât. C'est là que tu entres en scène. Il ne pourra pas résister à son envie de se mesurer à son contraire – il est très orgueilleux, il prétend être le meilleur combattant de notre monde – un adversaire à son niveau, avec des points communs avec lui, ça va l'intéresser au plus haut point. Il faut que tu nous aides, David, il n'y a que toi qui puisses le débusquer et l'abattre.

Je restai sans bouger, sans respirer, sans penser. Une deuxième claque. Sentant mon trouble, le grimoire insista.

— Il est vraiment très fort, David. Et il met tous les mondes en danger, même le nôtre, même le tien !

— Mais comment me battre contre mon jumeau ? Est-ce qu'il ne va pas savoir chaque chose que je pense ? Chaque mouvement, chaque idée ?

— C'est possible, admit le grimoire, mais pas certain.

— Je ne le ressens pas en tout cas. Je devrais avoir ses idées dans la tête, non ? Un contact, une sensation, quelque chose ! Êtes-vous bien sûr que c'est mon double à moi ?

— Certain. Il a la Lyre sur le visage exactement comme toi. Sauf que toi, tu l'as inversée, comme dans un miroir. C'est bien toi, David, la solution. Par contre, la raison pour laquelle tu ne ressens pas ton double est un mystère. Je pense que vous êtes liés, mais fondamentalement différents. Je doute qu'il soit métamorphe, par exemple, ajouta le grimoire avec une pointe d'humour dans la voix.

Gardalon lança un coup d'œil appuyé à Bisalko, qui leva les yeux vers le plafond avec un air particulièrement innocent… qui ne trompait personne.

Je veux bien vous aider, mais comment ?

— Tu dois te battre, répondit Black Jack.

— Mais… mais je ne sais pas me battre !

— Nous le savons, intervint Gardalon, nous t'entraînerons. Tu verras, tu y arriveras. De plus, tu es soutenu par les étoiles. Tout l'univers est avec toi, David.

Que voilà de belles paroles ! Mais ça n'arrangeait pas mes affaires. Je devais affronter mon double maudit en un combat singulier et le vaincre. Or, je n'avais jamais touché d'arme de ma vie, le métamorphisme m'avait été transmis il y avait à peine quelques heures, de façon illégale qui plus est, et je devais venir à bout d'un assassin très doué, dont des dragons, des DRAGONS n'arrivaient pas à se débarrasser ? Je rêvais en couleur ou quoi ?

Avant que je ne puisse refuser, maître Islune intervint.

— Et nous n'avons pas beaucoup de temps, à peine quelques jours pour te préparer. Ton double est certainement au courant de ta venue et il va vouloir te contacter. Il ne te laissera pas filer comme ça. Tu n'as pas vraiment le choix, David ! Et sans préparation, tu n'auras aucune chance. Tu vas donc venir dans mon royaume. C'est sous l'eau et seuls les aquatiques peuvent y survivre, ainsi que les dragons d'eau, il ne pourra pas te suivre sans que nous ne soyons au courant. Je vais te transmettre le pouvoir de respirer sous l'eau et tu pourras rester à l'abri le temps nécessaire pour t'entraîner.

Apparemment, je n'avais pas mon mot à dire. Grognon, j'allais répliquer que je pouvais me métamorphoser en poisson, mais comme si elle lisait dans mes pensées, la dragonne blanche reprit :

— Nous savons tous que Bisalko t'a donné la capacité de te métamorphoser. Ce sera très utile pour nager jusqu'au milieu de l'océan, mais tu devras avoir ta forme humaine pour te connecter à ton double et tu devras apprendre l'art du combat en tant qu'être humain, même si ce don peut être très utile.

En disant cela, elle avait fait quelques pas. J'avais bien remarqué les décorations du parquet, mais je n'y avais pas fait autrement attention. Mine de rien, Islune venait de se placer dans le cercle en face du mien. Eh oui, j'étais dans un cercle de transmission de pouvoirs ! Elle ferma les yeux et entra en transe. Me souvenant de l'expérience particulièrement désagréable lorsque j'avais reçu les dons de Bisalko, je me préparai pour une nouvelle séance douloureuse. Cette fois, je suffoquai, je me noyai dans l'air; cela dura d'atroces secondes, puis mes poumons se gorgèrent soudain d'air frais que j'aspirai avec volupté.

— Ce n'était pas aussi pénible que pour les dons de Bisalko, m'étonnai-je, essoufflé quand même.

— C'est normal que ce soit plus facile et moins douloureux. Ton corps s'habitue et supporte les transferts de mieux en mieux. Enfin... ça dépend aussi du don. Certains dons sont si puissants que la transmission reste extrêmement douloureuse. C'est le cas pour les dons majeurs, comme le métamorphisme, par exemple. L'aquarespiration est un don mineur, mais ce qui est surprenant, c'est que tu as absorbé le don avec une telle force que j'ai dû m'accrocher pour ne pas te transmettre tous mes pouvoirs d'un coup. C'est étrange, je n'ai jamais vu ça !

Islune et les autres maîtres me dévisageaient avec attention – ils semblaient intrigués par mon cas – puis ils se mirent à parler tous en même temps échafaudant des théories dans tous les sens. Au bout d'un moment, Black Jack décida d'intervenir.

— Plus tard les questions scientifiques, nous n'avons pas de temps à perdre, il faut mettre David à l'abri de Fallace – ton double, ajouta-t-il à mon attention – et commencer sa formation.

— Oui, bien sûr, allons-y, approuva Islune. David, tu vas devoir te transformer pour voler jusqu'à la Mer Bleue, puis nous nagerons jusqu'à Aquarine, chez moi. Tu es mon invité. Mes amis, nous partons tout de suite.

Pendant que les dragons étaient occupés aux au revoir d'usage – ils sont très protocolaires – le grimoire me rappela.

— Aie confiance, David. Je connais suffisamment le passé pour prévoir en partie l'avenir et je sais certaines choses, que tu ne peux et ne dois pas savoir maintenant. Mais je suis serein quant à la réussite de cette aventure. Fie-toi à Black Jack, il se sacrifiera sans hésiter pour te protéger et Bisalko, quoique peu respectueux des règles et très rebelle, est un dragon de grande valeur. Quand il donne son amitié, c'est pour la vie. Tu sais, quand un dragon te donne ses dons, il ne peut plus te les reprendre et cela crée un lien indestructible entre vous deux, c'est pour cela que les dragons ne font pas de transfert à la légère.

— Merci, grimoire.

— Pas de quoi, petit. Promets-moi de revenir après toute cette aventure pour une petite conversation. Je voudrais tant en apprendre un peu plus sur ta planète, la terre. Bonne chance !

CHAPITRE 10

Les dragons m'amenèrent sur la terrasse du séquoia et sous leur regard attentif, je me transformai en épervier. Je fus fier d'y réussir sans trop de peine malgré les circonstances ; j'avais sommeil et faim et je ne m'étais pas encore remis de mon arrivée sur Draguilée, ni de l'entrevue avec le grimoire. Mais les dragons étaient pressés. Dès que j'eus ma forme définitive, ils décollèrent et disparurent en quelques secondes. Heureusement, l'épervier est doté d'une excellente vue et d'un instinct très sûr ; j'eus vite fait de les retrouver. Black Jack avait disparu mais j'espérais le retrouver à Aquarine. Je n'étais pas inquiet, l'homme savait se débrouiller tout seul. Pourtant j'aurais apprécié de voyager en sa compagnie au lieu d'être entouré de dragons plus effrayants les uns que les autres. Même Islune me faisait peur ; sa blancheur nacrée donnait une fausse impression de douceur, j'avais bien ressenti la sauvagerie et la cruauté inhérentes à sa nature. Seul Bisalko m'effrayait un peu moins, probablement grâce à notre lien. Ce dernier était en pleine conversation avec un grand dragon de couleur bronze et Islune discutait avec un dragon de sa garde, du coup, je profitai du vol pour m'entraîner un peu.

Après une petite heure, nous arrivâmes au bord de la Mer Bleue. J'offris un beau spectacle d'atterrissage manqué à mes compagnons, qui ne levèrent pas la plus petite griffe pour m'aider, au contraire. Ils me regardaient, hilares, alors que je sortais mon bec du tronc dans lequel je l'avais fiché ! Vexé et un peu déçu, je m'époussetai en secouant mes ailes, puis me préparai à me transformer pour la suite du voyage, lorsque Bisalko vint vers moi.

— Il va falloir qu'on travaille tes atterrissages. Même si c'était à mourir de rire, je ne peux pas laisser mon transfert se ridiculiser comme ça. Mais nous verrons tout ça plus tard. Je te présente Renhy. Un… très bon ami à moi, ajouta-t-il en me désignant le dragon de bronze que j'avais vu peu avant. Tu peux avoir confiance en lui, il est aussi sûr que moi ou le capitaine.

— Salut Renhy, dis-je.

Le dragon me répondit d'un hochement de tête un peu guindé, avec un petit grondement peu engageant. Son nom me paraissait vaguement familier, mais je n'eus pas le loisir d'approfondir mes réflexions, car Islune rappela que le voyage devait se poursuivre. De nouveau le centre d'intérêt des dragons, je me métamorphosai, cette fois en requin. Je visualisai la queue, les dents en rasoir, l'aileron, la peau rugueuse, le regard perçant et poufffff ! Voilà que j'ondulais lentement… sur le sable.

Quel idiot, je n'avais pas fait attention à ce petit détail ! Les dragons se fichaient carrément de moi, lançant diverses remarques, plus moqueuses les unes que les autres. J'en veux pour preuve le magnifique : « T'as plus qu'à te faire pousser des pieds pour aller dans l'eau… » suivi du mémorable : « Oh, un requin des sables ! » puis du splendide : « Tu vas faire un trou dans la plage, à force de te trémousser comme ça ! » Le tout sous le regard sévère de Bisalko ! Penaud, je redevins humain le temps de me mettre à l'eau. Dans cet élément, je sentis la puissance de la créature s'emparer de moi, j'étais devenu un requin ! J'avais pleine conscience de la mer, je pressentais ce monde abyssal, séduisant et à ma portée. Chaque mouvement, chaque bruit, chaque odeur se propageait jusqu'à moi, et aiguisait mon appétit de prédateur.

— David, me dit Islune sur un ton sévère, ne te perds pas dans ta métamorphose ! Tu dois garder la tête claire, sans te laisser emporter par la nature de l'animal. Si tu te perds, il te sera très difficile de revenir à ton être originel. Ça fait partie de l'apprentissage de base.

Elle lança un regard lourd d'accusation à Bisalko.

— Eh, quand est-ce que j'aurais pu lui faire son éducation ? se défendit ce dernier sur un ton plaintif.

Avec un soupir à fendre l'âme, la dragonne blanche se tourna vers moi.

— Tu dois à la fois rester concentré sur ton animal et à la fois garder à l'esprit qui tu es. Le truc, surtout les premières fois, c'est de parler à tes compagnons. Ça oblige ton cerveau à rester branché sur toi-même.

— C'est bon, Islune, je suis bien là, répondis-je.

— Parfait, si tu me dis ça, c'est que tu te rappelles bien qui tu es. Mais attention, David, l'instinct de la bête est seulement en sommeil. Tu dois être vigilant tout le temps de ta transformation !

— Je ferai attention, c'est promis.

— Bien. Bisalko, mon cher, tu gardes un œil sur ce poisson, lâcha-t-elle sur un ton péremptoire.

Et, après avoir lancé un regard menaçant à un Bisalko grognon, elle s'enfonça dans l'océan. Nous nageâmes deux bonnes heures en un rythme soutenu. J'ai toujours aimé le monde sous-marin et connaître ces paysages aussi variés que colorés du point de vue du requin était exceptionnel. Je vis avec émerveillement des poissons de toutes formes et toutes couleurs se faufiler entre les courants, des méduses translucides onduler au gré des vagues et des tortues voler avec grâce entre deux eaux, pendant que les crustacés jouaient à cache-cache dans les algues. Islune, Bisalko et Renhy croquaient un poisson par-ci, par-là et les voir faire me donna une envie dévorante de chasser à mon tour, ce que je fis, avec moins de succès que mes trois compagnons. Finalement, je renonçai à la chasse car à chaque fois, je me sentais près de basculer dans la sauvagerie du requin et craignais de ne pouvoir en revenir. Enfin, nous arrivâmes à un récif corallien énorme où s'affairait toute une faune colorée et insolite. Nous suivîmes Islune vers la base du récif où se trouvait, bien cachée, l'entrée d'une grotte sous-marine. Ç'aurait pu être un endroit sombre et inquiétant, pourtant il n'en était rien, car des coraux phosphorescents illuminaient le chemin comme des petites bougies. Je me sentais chez moi dans ce monde, même si je savais que ce n'était pas le mien (à plus d'un titre, d'ailleurs) et je me réjouissais de découvrir le royaume d'Islune qui promettait d'être passionnant. Je me rappelai ses paroles et compris pourquoi un non-marin ne pouvait pas accéder à son royaume ; le tunnel était si long qu'il devait en décourager plus d'un. Il n'y avait aucune échappatoire, seulement l'entrée et, je l'espérais, une sortie ! Je commençais à trouver le voyage long, lorsque soudain, une lueur intense attira mon attention. Comme galvanisés par elle, nous accélérâmes le rythme et débouchâmes enfin dans une immense grotte baignée de lumière. Une plage de sable entourée de palmiers et de hautes herbes s'étendait sur tout un côté et on y voyait comme si on était à ciel ouvert ! De part et d'autre de la plage, trois énormes trous s'enfonçaient dans la roche ; probablement des passages ou des cavernes. Plusieurs petits dragonneaux laissèrent leurs jeux pour se masser autour des nouveaux arrivants, certains sautant sur le dos des gardes, d'autres se cachant timidement derrière leurs camarades. Mes compagnons saluèrent les petits et répondirent de bonne grâce à leurs questions tout en me regardant avec une curiosité de scientifique pendant que je redevenais moi. Dès que j'eus retrouvé ma forme humaine, je fus cerné par les petits et bombardé de toutes les questions imaginables. Ça allait du classique : « T'es qui, toi ? » en passant par le : « Comment tu t'appelles ? » et bien sûr, les : « T'es quoi ? C'est quoi, ça ? Pourquoi tu as ça ? » Bisalko me prit en pitié et chassa les dragonneaux en faisant mine de vouloir les dévorer. Ces derniers s'éparpillèrent en riant et me laissèrent enfin tranquille. Débarrassé de la bande de petits curieux, je pus étudier les alentours. Cet endroit ressemblait à une carte postale. Un tout petit soleil était emprisonné juste sous la voûte à plusieurs centaines de mètres de hauteur et illuminait toute la plage, comme si nous nous trouvions en plein air. C'était incroyable ! Mes compagnons s'engagèrent dans la caverne tout à droite et, laissant mes questions de côté, je les suivis. Nous marchâmes le long de couloirs éclairés par des lichens et des champignons qui teintaient notre chemin de couleurs chaudes et agréables. Nous passâmes devant des portes et d'autres couloirs, puis nous traversâmes plusieurs pièces immenses, richement meublées et accueillantes. Tout était aménagé pour le confort des habitants. Enfin, Islune s'arrêta devant une grosse porte noire et rugueuse et l'ouvrit.

— Voici ta chambre pour ton séjour à Aquarine, David. Repose-toi, je t'enverrai chercher dans une petite heure pour le dîner.

Sur ce, les dragons s'en allèrent. Une fois la porte refermée, je détaillai la chambre. Les murs étaient sertis de pierres ambrées qui éclairaient l'espace, une couche confortable faisait l'angle et une petite commode était posée à côté. Mais mon regard fut surtout attiré par une immense fenêtre percée dans le mur du fond, donnant sur l'arrière du récif. Une multitude de poissons multicolores dansaient lentement devant moi en un spectacle enchanteur. J'étais posté là, hypnotisé par la vie sous-marine lorsque tout à coup, on frappa. J'ouvris la porte avec difficulté – apparemment, elle était en fonte – et découvris le capitaine, souriant de toutes ses dents.

— Un peu lourde, la porte ? Les dragons ont une force phénoménale, pour eux, ce n'est pas un problème, mais pour nous, pauvres faibles humains, c'est plus dur. C'est pour ça qu'il y a ce petit dispositif.

Le capitaine entra dans la chambre et actionna un levier à côté de la porte. Celle-ci se referma toute seule, doucement et sans bruit.

— Tu sauras comment faire maintenant. Allez viens, David, il est temps de prendre un petit quelque chose à manger.

Mais comment il avait fait pour être déjà là alors que j'étais parti d'Alfarite bien avant lui ? Je n'eus pas le temps de lui poser la question, car il avait déjà tourné les talons et s'engageait rapidement dans les méandres de la grotte. Je mourais de faim et, trop content à l'idée d'enfin manger quelque chose, je m'élançai derrière lui. Les lueurs vacillantes des champignons, jaunes, vertes ou bleu pâle donnaient une atmosphère mystérieuse et très agréable à ce souterrain et permettaient de voir les magnifiques décorations qui parcouraient les parois. Je m'attardai pour admirer ces traits d'artiste ; on aurait dit des tags, à ceci près qu'ils étaient gravés à même la roche au lieu d'être peints. Le capitaine m'expliqua de bonne grâce la signification de certaines représentations. En dehors des signes permettant de se diriger dans ce labyrinthe, présents à chaque croisement, les artistes avaient reproduit les légendes les plus connues de Draguilée.

Nous arrivâmes finalement à une salle, large et haute. En son centre se trouvait une grande table ronde, chargée d'une infinie variété de plats. Les effluves les plus appétissants se diffusaient jusqu'à mes narines et je dus me retenir pour ne pas me jeter sur ce repas si prometteur ! Des coussins et des soieries étaient soigneusement disposés un peu partout pour accueillir les hôtes et donnaient à la pièce un air cosy et confortable. Et il y avait plein de dragons. Je reconnus Islune bien sûr, qui illuminait les lieux de sa blancheur satinée. Quant à Bisalko, il était affalé sur des coussins et se gorgeait déjà de viande avec un manque d'élégance caractéristique. Il y avait aussi les deux gardes qui nous avaient accompagnés dans notre voyage. Les autres dragons m'étaient inconnus et j'espérais que le protocole n'exigerait pas que je leur sois présenté à chacun avant de manger – j'avais compris que ce genre de petite habitude pouvait durer longtemps et J'AVAIS FAIM. Je me tournai vers Black Jack pour lui demander quand je pourrais décemment me ruer sur la nourriture, lorsque je remarquai un individu de couleur or, aux yeux verts. Un peu à l'écart des autres dragons, il observait la scène avec un air farouche.

— Bienvenue David, bienvenue capitaine, nous dit Islune. Voici ma famille et mes conseillers…

Eh ben, pas de bol pour moi. Comme je le craignais, Islune énuméra une longue suite de noms bizarres et compliqués en me présentant chaque membre de sa famille et du conseil. Youpi ! Comme je l'avais prévu, je dus attendre encore avant de manger ! Enfin, nous arrivâmes devant le dragon d'or et elle fronça ses sourcils.

— Rendall, arrête de faire cette tête, voyons. Il est de ton devoir d'accueillir notre invité avec élégance et amabilité. Lui, c'est mon frère Rendall, me dit-elle. Ne fais pas attention, il est de caractère ombrageux et en tant que maître d'armes et protecteur d'Aquarine, il n'aime pas les étrangers. Oublie-le !

Elle lança un regard moqueur au dragon qui gronda une réponse inaudible. Eh ben s'il voulait m'impressionner, ça marchait ! Rendall était plus grand que la moyenne des dragons et ses écailles dorées luisaient comme une armure. Il me regarda fixement en inclinant lentement la tête et je reçus son message cinq sur cinq. Moi y en a pas faire le vilain avec lui, sinon moi y en avoir des problèmes… Mais quel sympathique personnage ! Islune ne parut pas se rendre compte de notre échange silencieux et, après m'avoir fait un clin d'œil en souriant, elle m'entraîna vers la table où nous eûmes enfin ce délicieux repas. EN-FIN ! Je ne connaissais rien – je commençais à en avoir l'habitude – et goûtai à presque tout. Voyant le capitaine remplir son assiette, je l'imitai en choisissant ce qui m'était le plus familier ou ne me faisait pas trop peur. Il y avait toutes sortes de produits de la mer ; du poisson, des crustacés, des coquillages, mais aussi des gâteaux sucrés aux algues qui, étonnamment, étaient délicieux… et du chocolat !

— Demain, tu commenceras ton entraînement, me dit Islune. Ce soir, tu manges et on fait la fête.

Quelle soirée ! J'eus le plaisir d'entendre des histoires de batailles, de héros et d'amour, quelques légendes aussi. Les dragons sont d'excellents conteurs et Black Jack ajoutait force détails et anecdotes à leurs histoires, faisant s'écrouler de rire les convives. Je commençais à me sentir bien parmi eux. Grâce au capitaine, ils me traitaient comme l'un des leurs et cela me faisait chaud au cœur. On me laissa profiter de la soirée sans me questionner, ni parler de ma mission. Ce n'était pas de l'indifférence, c'était une façon de me laisser tranquille le soir de mon arrivée. Je voyais bien les regards curieux que les dragons me lançaient souvent, mais ils se retenaient par politesse et je fus soulagé de n'être ni le centre de l'attention, ni laissé à l'écart. Je faisais simplement partie de l'équipe et c'était une sensation très chouette. Après le repas, Black me raccompagna à ma chambre.

— Ils meurent de curiosité, tu sais, me dit-il. Ils se sont retenus de te bombarder de questions parce que la tradition veut qu'on laisse le voyageur tranquille le jour de son arrivée, mais demain, attends-toi à raconter dix mille fois ton histoire, la Terre, tes coutumes, bref, la totale !

Black avait un sourire attendri en disant cela. Il adorait ses amis les dragons et je comprenais bien pourquoi !

— Bah, je répondrai dix mille fois, alors, répondis-je en haussant les épaules.

Il partit d'un grand éclat de rire en actionnant le levier de la porte et me souhaita bonne nuit. Puis, sans attendre ma réponse, il disparut dans les couloirs.

CHAPITRE 11

Le lendemain, j'eus droit à un formidable petit-déjeuner en compagnie de Black Jack, Bisalko et Islune. Les agapes terminées, Islune se leva et me dit qu'il était temps de commencer mes leçons. Je croyais que le capitaine et Bisalko viendraient avec nous, mais ils me dirent au revoir sans bouger de la table, l'air moqueur. Un peu inquiet, je suivis malgré tout la dragonne blanche dans les méandres de la grotte. Elle marchait rapidement et nous passâmes une succession de salles et couloirs jusqu'à un parc immense, étonnamment luxurieux. On avait l'impression, comme sur la plage, d'être à ciel ouvert. Je ralentis le pas ; le pré herbeux était doucement vallonné et il y avait des arbres partout – notamment des arbres fruitiers.

— Ce sont les jardins. On y cultive un peu de tout, des légumes, des fruits, des racines. Ça nous permet de vivre quasiment en autarcie.

— Je vois, c'est assez inattendu.

— Hahaha, tu croyais que les dragons sont des sauvages qui mangent le poisson cru en se jetant dessus et en avalant les arêtes avec la peau ?

— Non, bien sûr que non, répondis-je espérant qu'elle ne fût pas vexée.

— Eh bien, tu as tort. Même si nous faisons preuve d'un certain raffinement, n'oublie pas que nous sommes avant tout des dragons.

Nous ne dédaignons pas le poisson cru, et ce, même avec la peau et et les arêtes.

Cela sonnait comme un avertissement, mais dans quel sens ?

— Tu penses quoi de moi, Islune ?

— Je ne sais pas. Les humains n'ont pas bonne réputation et à part certains, ils ne sont pas bienvenus, ici. Mais le grimoire te tient en haute estime et je me fie à son savoir. Je te laisse le bénéfice du doute, nous verrons comment tu réagiras face aux épreuves.

Voilà qui était clair. Nous entrâmes dans une grotte dont l'entrée était cachée par une cascade de lianes fleuries et avançâmes le long d'une cavité droite et plate, éclairée par les lichens phosphorescents, qui bifurquait soudain sur une forte pente.

— Il faut se tenir au mur, me dit Islune. Fais attention, le sol est très glissant.

Et elle descendit rapidement, ses griffes cliquetant sur les parois. Je la suivis aussi vite que possible, mi-marchant, mi-glissant et la rejoignis tout en bas du couloir. Elle me fit entrer dans une salle très large, dont le haut s'ouvrait sur cette sorte de ciel souterrain et une végétation généreuse. Je me promis de demander comment le soleil pouvait briller si profondément sous l'océan, puis remarquai que toutes sortes d'armes étaient suspendues le long des murs, ainsi que d'étranges bourses et fioles. Islune longea les murs en me montrant les différents objets, puis s'arrêta et me regarda.

— Comme je te l'ai dit, il va falloir que tu te battes contre ton double. Ta seule chance de le vaincre est d'utiliser un pouvoir qu'il ne connaît pas ou un talent qu'il croit maîtriser mieux que toi. Tu vas donc d'abord apprendre les métamorphoses, mais il faudra aussi que tu sois entraîné au maniement des armes, car ça, c'est son point fort. Tu dois au moins en apprendre les rudiments, ça pourrait te sauver la vie.

— OK, dis-je, pas du tout rassuré.

— Tu vas te mesurer à Rendall, conclut Islune.

— Hein ? Mais t'es pas bien ! Il va me réduire en bouillie !

— Tu n'auras pas de meilleur maître que lui. Il ne laisse jamais passer aucune erreur et il excelle en métamorphisme. Tu verras, les transformations sont surtout un jeu d'esprit et de stratégie. Tu dois apprendre à prévoir les mouvements et les décisions de ton adversaire pour le surprendre, mais Rendall t'expliquera tout ça mieux que moi. Je te rappelle cependant qu'à chaque métamorphose, tu prends le risque de te perdre dans l'animal que tu as choisi. Il est essentiel de ne pas oublier qui tu es. Et sache que tu ne dois sous aucun prétexte rester métamorphosé plus de trois jours d'affilée, sinon, la nature animale prendra l'avantage sur ton esprit originel. Certains ne sont jamais redevenus ce qu'ils étaient, ajouta-t-elle avec une nuance de regret. La seule exception, ajouta-t-elle brusquement, c'est lorsqu'on se transforme en soi-même plus jeune ou plus vieux. Dans ce cas, on ne risque pas de se perdre, vu qu'on reste qui on est.

— Il doit tester pour savoir, Islune ! gronda une voix caverneuse.

Je n'avais pas vu Rendall arriver et je sursautai à ses mots. Islune sourit et, après un regard encourageant – je crus même déceler de la pitié – elle se retira, me laissant seul avec le maître d'armes.

— Inutile de perdre du temps, me dit ce dernier. Je dois voir de quoi tu es capable avant de décider de ton entraînement. Je vais me changer en diverses créatures et tu devras répondre en te métamorphosant pour me combattre. N'oublie pas : l'instinct de l'animal se glisse en toi et peut prendre le contrôle. En plus du risque de t'oublier, si tu ne restes pas concentré, tu perds ton avantage de réflexion humaine. Tu comprendras en pratiquant, allez !

Rendall disparut dans une poussière dorée, pour réapparaître sous la forme d'un tigre gigantesque. Je me concentrai et devins un éléphant. Il riposta en se changeant en souris, je contrai, j'étais un gros chat. Soudain, un loup se tenait devant moi, sans perdre de temps, je redevins humain.

— Pourquoi un humain ? Ah oui, sur ta planète, il fuit l'homme. Pas mal, me dit Rendall. Mais ici, les loups sont des êtres à part et magiques. Ils n'ont pas peur des hommes. Il vaut mieux que tu restes dans la ligne du prédateur et du supérieur. Et tu es encore trop lent dans tes changements, tu dois aller plus vite. Par contre, tu as compris comment faire pour te transformer et ça, c'est déjà pas mal.

Et l'entraînement continua des heures et des heures jusqu'à épuisement, enfin le mien, parce que mon professeur semblait infatigable. Rendall me poussait dans mes limites. Il était très exigeant et je n'entendais que des « plus vite », des « mauvais choix », des « encore une fois », si bien qu'à la fin de la journée, je ne tenais plus debout. Je regardai le maître, les yeux vides.

— Tu as bien bossé, me dit-il. Tu es même très doué, David. Je crois bien qu'on a une chance de vaincre Fallace. S'il s'est rendu compte que tu as reçu ce don, il n'a certainement pas la mesure de ton avantage. Mais tu dois rester concentré ! Ça a failli déraper plusieurs fois et c'est seulement parce que je t'ai appelé par ton prénom que l'instinct de la bête n'a pas pris le dessus sur toi. Va te reposer, maintenant. Un bon repas et une bonne nuit de sommeil te feront du bien.

Rendall me raccompagna jusqu'à la salle à manger où se trouvaient Islune et le capitaine. Ils me lancèrent un regard curieux.

— Il est doué, répondit Rendall à leur interrogation muette. Il a une bonne concentration, de l'imagination et des connaissances étendues. Il y a aussi une force qui le soutient. Je ne sais pas d'où ça vient, mais c'est très perceptible, comme pour toi, capitaine.

— Le grimoire pense que ça lui vient des étoiles, dit Islune. À voir. En fait, peu importe la provenance, si c'est à son avantage, c'est bon pour nous. Viens manger David, tu dois mourir de faim et de fatigue. Je connais mon frère, il ne t'a sûrement pas épargné.

Je m'assis avec reconnaissance à table et me gavai de bonnes choses. La soirée durant, nous discutâmes de tout et de rien, Black Jack racontait les bêtises de Bisalko et ses nombreux sauvetages in extremis. D'autres dragons se joignirent à nous et, comme l'avait promis le capitaine, je fus assailli de questions en tout genre, mais ça ne me dérangeait pas. Les dragons se montraient curieux avec bienveillance et s'amusaient beaucoup de nos habitudes terrestres. J'eus aussi le plaisir de découvrir une autre facette de Rendall. Il avait un sens de la dérision particulièrement aiguisé, faisant de lui un compagnon drôle et surprenant. Puis Islune m'expliqua un peu son royaume et son monde. Draguilée fonctionnait sur la base d'un système politique fédéral assez simple, mais diablement efficace. Les quatre clans avaient le même poids, chacun ayant un avantage économique, ce qui permettait l'équilibre de la nation.

Aquarine maîtrisait l'eau et la glace, Sandisart le sable et le vent, les Monts Torves contrôlaient le feu et la pierre et Alfarite possédait la terre, la végétation et surtout le grimoire. Chaque clan avait développé un rapport étroit avec l'élément qui correspondait à son royaume et élaboré des outils, des techniques et du savoir-faire en rapport avec l'eau, le feu, le vent ou la terre, à tel point que cela se rapprochait de la magie.

Les dragons étant télépathes de nature, il y avait des règles strictes de non-intrusion dans la pensée d'autrui. Seuls les petits dragons, encore en apprentissage, avaient droit à la clémence du conseil et ils le savaient très bien ! Du coup, ils faisaient pis que pendre et s'immisçaient dans les pensées de tout un chacun avec toupet et aplomb. Mais ça avait peu de conséquence. Enfin, certaines métamorphoses étaient interdites – notamment celle de prendre l'apparence d'un Draguiléen, ce qui était sévèrement puni. Après un chouette moment de détente, le capitaine me raccompagna à ma chambre.

— Tu sais, me dit-il, tu peux faire confiance à Rendall. C'est le meilleur instructeur de la planète. Grâce à lui, tu auras toutes tes chances contre Fallace. Suis bien son entraînement et tu seras prêt.

— Tu connais bien Rendall, n'est-ce pas ?

— Oh oui, et crois-moi, c'est un honneur qu'il se charge de ton éducation militaire. J'ai fait la plupart de mes apprentissages avec lui. Il est l'un de mes amis les plus fiables en dehors de Bisalko, bien sûr. Tu verras, tu t'habitueras à ses manières brusques. Maintenant, au lit, jeune homme ! Les nuits sont courtes en cette saison et les dragons suivent le cycle de la nature. Demain, tu te lèveras tôt.

Et en effet, je fus levé très tôt le lendemain. Pendant un long mois, les jours se suivirent et se ressemblèrent. Je me levais aux aurores et après un solide petit-déjeuner, je me rendais à la salle d'entraînement pour mes leçons. Rendall disait que j'avais du talent mais que je manquais de concentration et bien sûr, de pratique. Aussi, il me testait continuellement et essayait par tous les moyens de me déstabiliser, que ce soit en prenant une forme connue (une fois, j'ai dû me battre contre Bisalko) ou en faisant des mouvements qui paraissaient désordonnés lors d'un combat à l'épée. Il m'enseigna aussi les rudiments du combat au corps à corps, même si, selon les dires du dragon, on ne pouvait pas faire grand-chose d'un non-dragon. Au bout d'un mois, j'avais acquis des muscles impressionnants et des réflexes fulgurants. Même Rendall en était content. Nos entraînements se faisaient de plus en plus difficiles et brutaux. Le maître d'armes passait d'un animal à l'autre et soudain se changeait en homme pour m'attaquer avec une épée, pour tout aussi soudainement disparaître en une explosion de lumières. Souvent, je terminais avec son épée égratignant mon cou ou avec une plaie à la cuisse ou la hanche.

Jusqu'à ce fameux matin.

Au terme d'une passe d'armes particulièrement rapide, ce fut ma dague qui se trouvait contre le cou de Rendall. Le dragon, changé en homme, se tint immobile un instant, puis, laissant échapper l'air de ses poumons avec une grande prudence, il lâcha :

— Tu es prêt.

— Le serai-je jamais ?

— Tu es prêt depuis plusieurs jours déjà. Je n'ai jamais vu d'humain aussi en accord avec les lames et le métamorphisme que toi. Ça tient du prodige. Tu changes avec une telle rapidité et une telle précision que j'en suis moi-même surpris. Je pense que je n'ai fait que réveiller des talents que tu avais déjà en toi. Et cette puissance derrière toi… je ne sais si ce sont vraiment les étoiles qui t'accompagnent, mais tu es soutenu par une grande force. On dirait… que tu es connecté, que tu suis des instructions qui viennent de plus haut.

— Pas tout à fait. Je ressens bien une sorte de présence, mais je ne sais pas d'où elle vient. J'agis plutôt par instinct.

Je vis dans ses yeux, une immense fierté. Nous nous serrâmes la main, puis, Rendall se retransforma en dragon et, côte à côte, nous sortîmes de la salle de combat.

CHAPITRE 12

Le soir même, les événements se précipitèrent. Les rapporteurs d'Alfarite nous avertirent que Fallace avait atterri quelque part au nord de Draguilée avec un contingent impressionnant de guerriers de tous horizons. Il n'avait pas encore bougé et s'était contenté d'installer un campement, mais ça n'allait pas durer. Selon Dragal, déjà en poste là-bas avec ses troupes, il paraissait attendre quelque chose. Quelque chose ou quelqu'un ?

— Laissons-le faire le premier pas. Il commence toujours par envoyer un messager proposant le choix entre la rémission totale ou la guerre absolue. Voyons s'il aura la même impudence avec les dragons, proposa Kendall.

— Je n'aime pas ça, intervint Gardalon, qui avait fait le déplacement pour l'occasion. C'est un fin stratège et il a des espions partout. Il faut prévoir toutes les traîtrises et pièges possibles. Mais on a peut-être un avantage ; il a une très haute opinion de lui-même – en partie fondée, d'ailleurs. S'il sous-estime les dragons, nous pourrions le prendre par surprise. Dragal va discrètement évaluer ses positions et nous préparerons un plan. Fallace est celui qu'il faut abattre, ses guerriers sont soit des mercenaires, soit recrutés par la force. Ils ne se battront pas sans leur chef. Il faut trouver un moyen de l'isoler, puis l'éliminer. Il faudra désigner les meilleurs guerriers pour s'approcher de lui et le combattre.

— Pas mal, intervint Bisalko. Donc Black et moi, Rendall, Strinda, Gwendilan et Dragal. Et David, bien sûr ! Et si nous pouvons éliminer cette ordure par traîtrise, je suis partant! Ben quoi? s'écria le dragon en voyant les réactions choquées autour de lui. Fallace ne va pas se gêner pour tricher, lui, il n'a jamais eu de conduite honorable et puis, il n'y aura pas de deuxième prix pour le perdant, chers amis. Seulement l'esclavage ou la mort. Pour moi, tous les moyens sont bons pour y échapper.

Tous les dragons se mirent à penser en même temps et ça devenait difficile de comprendre ce qu'ils disaient. Alors que je m'efforçais de suivre, j'entendis soudain une voix dans ma tête.

— David, David? Ne veux-tu pas rencontrer ton frère jumeau? Viens à moi, mon frère! Et nous serons plus forts que tout. Viens à moi et nous serons les maîtres de l'univers!

Je n'étais pas surpris qu'il soit télépathe, car après tout, nous étions liés et j'étais télépathe moi-même, mais cela signifiait que Fallace était bien plus près que ce que les dragons pensaient et peut-être au courant de pas mal de choses. Je fis signe à Black Jack et lui montrai ma tête en articulant silencieusement: « Fallace. » Il me fit signe qu'il avait compris et dit aux dragons de se taire. Je repondis a haute voix.

— Salut, Fallace. Je veux bien croire que tu me ressembles, mais de là à te prétendre de ma famille, il y a un pas, non? Ton offre ne m'intéresse pas. Et puis, qui me dit que tu veux vraiment partager ton pouvoir avec moi? Ta proposition pue le piège!

— Oh, voyons, David! Cela ne se fait pas, de se méfier de sa propre famille! Car, que tu le veuilles ou non, je suis de ta famille, puisque tu es mon double. Toi et moi, c'est pareil, je ne te ferai JA-MAIS de mal, ni à toi, ni à ton monde. Tu verras, ensemble, nous allons remettre toutes les planètes à l'endroit.

Le ton de sa pensée me fit froid dans le dos. Il testait tout simplement ma loyauté et voulait voir s'il pouvait me corrompre. Je me rendais bien compte qu'il n'avait aucune intention de faire alliance avec moi, encore moins de « rétablir l'équilibre des planètes ».

— T'es dur de la feuille, Fallace, ou tu me prends pour un idiot ? Si tu me crois pourri comme toi, tu te trompes. Je ne serai jamais de ton côté ! Encore une fois, tu n'es pas ma famille et surtout pas mon jumeau ! martelai-je avec force.

— Ça promet d'être intéressant ! Je sais qu'on t'a entraîné aux armes, je me réjouis de tester tout ça ! Es-tu prêt, petit frère ? lança mon double avec moquerie avant de couper soudainement le lien.

— Plus que prêt, soufflai-je lentement. Je suis prêt depuis ma naissance.

Je me tournai vers mes amis. Les dragons me regardaient, immobiles comme des statues. Puis Black Jack vint vers moi.

— Ne prends pas au sérieux ce qu'a pu te dire Fallace, il est sournois et méchant. Mais il est aussi intelligent et très conscient des risques. Plus tu lui feras peur, plus il se montrera cruel et essayera de te faire douter. Que t'a-t-il dit ?

— Que j'étais son frère, que nous étions pareils et que je devais me joindre à lui.

— Tu n'y crois quand même pas ?

— Ben, si c'est mon double, il y a bien une part de vérité, non ?

— Tu as raison David, intervint Gardalon. À la base, vous êtes les deux faces d'une même pièce. Mais vous n'avez pas les mêmes vies et chacun décide de son destin. Le chemin que tu as parcouru est fondamentalement différent de celui de Fallace. C'est ce qui fait de toi un garçon bien, au contraire de ton double. N'oublie pas, ce sont tes choix qui façonnent ta personnalité et ta destinée, pas ce que tu étais au départ.

Je me sentis mieux en entendant ces paroles. Gardalon m'avait plus rassuré que s'il avait nié tout lien entre Fallace et moi. Je carrai mes épaules, me redressai, prêt à partir pour affronter mon destin, mais je frissonnais en pensant à tout ce qui pourrait ne pas fonctionner.

Les troupes de Fallace avaient monté un campement au pied des Monts Torves et, selon les espions de Gardalon, il y avait une quantité impressionnante de guerriers de tout poil. Il fut décidé que nous nous approcherions suffisamment près pour intervenir en quelques heures, mais assez loin pour ne pas éveiller les soupçons des guetteurs. Les métamorphes resteraient sous leur forme animale ; si nous étions repérés, nous garderions quand même ce léger avantage. Pour pouvoir suivre les dragons, je me changeai en épervier. Cet oiseau me convenait particulièrement bien ; rapide, léger, vue perçante et discret. Lorsque nous arrivâmes en vue de la montagne, nous plongeâmes directement sur les Bois Fumants, une forêt verdoyante et très touffue au bas des Monts. À l'abri des feuillages épais, nous installâmes un camp discret ; chaque dragon avait installé sa couche dans les branches des plus gros arbres ; certains se contentant de hamac, d'autres fixant des branches entre elles s'étaient construit de petites terrasses. Bisalko était de ceux-là et m'invita à la partager avec Black Jack. Il était d'une efficacité redoutable – comme ses congénères, d'ailleurs – puisqu'en une matinée, tout était fini.

— Chaque individu étant seul, nous faisons peu de bruit et comme notre répartition est aléatoire, si un dragon était découvert, les autres ne le seraient pas forcément. Les dragons sont habitués à camper seuls pour chasser par exemple, alors ça n'aurait pas l'air bizarre. Par contre, plusieurs dragons ensemble, ça ce serait étrange, m'expliqua Bisalko.

— Mais nous sommes trois ?

— Non, il n'y a qu'un dragon sur notre plate-forme. Tu es un oiseau et Black est un humain.

— Ah.

À moi, ça me paraîtrait suspect, mais bon, si Bisalko le disait.

— Bisalko et moi sommes connus pour faire des parties de chasse à deux, me dit le capitaine. On est les meilleurs chasseurs de cétrilènes et on est tenus pour être les meilleurs pisteurs de frigue-dentés.

Je me promis de demander plus tard ce que c'était qu'un cétrilène ou un frigue-denté alors que Rendall nous faisait signe de le rejoindre. En peu de discussions, le plan fut établi. Il était simple. La plus grande partie des dragons, menée par Islune et deux de ses généraux, devait attaquer les soldats de Fallace par l'Est pendant qu'un petit groupe, c'est-à-dire Bisalko, Black Jack, Rendall, Dragal et moi, nous introduirions dans le campement de Fallace par l'Ouest. Mes compagnons et moi devions nous occuper de la garde rapprochée de mon double, puis lui régler son compte. Nos rapporteurs avaient soigneusement identifié les hommes que nous devions neutraliser avant d'abattre le chef ; il y en avait six. Trois Marsuliens – des malabars qui ressemblaient à des gorilles, deux Spytex – une espèce d'oiseau géant avec une peau cuirassée et des piques un peu partout et un Tractalyde – une sorte de guêpe en bois.

La nuit avait déjà bien avancé lorsque le signal fut lancé ; il était inutile, voire risqué d'attendre plus longtemps. Les dragons filèrent dans les broussailles avec une rapidité incroyable et une discrétion absolue ; on ne discernait pas un souffle, pas un frottement dans le noir. C'est seulement grâce à Bisalko et Black que je pus discerner l'un ou l'autre de nos soldats. Même leurs pensées étaient dissimulées pour que les éventuels télépathes ne soient pas alertés. Le groupe se scinda en deux ; pendant qu'une grosse poignée attaquait l'ennemi de front, l'autre partie se dissimula dans les roches, prête à le prendre en tenaille. Une heure après le départ de nos troupes, aussi silencieux que des chats, nous longeâmes le pied des Monts Torves et nous approchâmes du camp de Fallace. Nous voulions le prendre à revers et par surprise. En fin stratège, il pensera que l'attaque directe des dragons est une diversion. Si nous devions le tromper, il fallait attendre suffisamment longtemps pour qu'il soit moins méfiant. Nous ne devions nous dévoiler qu'au tout dernier moment pour ne pas lui laisser le temps de réagir. À l'abri dans un arbre, je regardais les tentes alignées sur la butte.

« Tout est si calme, c'en est presque irréel, me dis-je. C'est inquiétant. »

Il me vint à l'esprit que, connaissant le plan, je risquais de le dévoiler à Fallace sans le vouloir. J'en fis la remarque à Bisalko.

— Je ne crois pas qu'il puisse sonder tes pensées sans que tu le saches, me répondit-il. On n'a pas eu le temps de t'apprendre à dresser un mur mental, mais ce n'est pas grave. Pour entrer dans la tête d'un télépathe sans laisser de trace, il faut une certaine technique et je ne crois pas que Fallace ait eu le temps de la développer. S'il avait essayé, tu le saurais. Seuls les grands maîtres arrivent à saisir tes pensées sans que tu ne t'en rendes compte et même eux laissent des traces.

Mon regard se reporta de nouveau sur le campement de Fallace. Les lieux étaient sales, boueux et les herbes piétinées. Parmi les tentes et les foyers fumants, les guerriers se reposaient, mangeaient ou aiguisaient leurs armes, détendus – ils n'avaient pas la moindre idée de ce qui les attendait. Il y avait toutes sortes d'êtres, plus costauds les uns que les autres et ils étaient beaucoup. Curieusement, je ne vis pas de dragon. En tout cas pas de Draguiléen. Bisalko m'expliqua que son peuple était exceptionnellement fier et indiscipliné et qu'aucun n'accepterait de suivre un non-dragon. Fallace n'avait aucune chance de faire alliance avec seulement un Draguiléen ! Et c'était pour le mieux, parce que ça nous donnait une chance de plus de le surprendre. Soudain, je vis une espèce de salamandre géante se précipiter dans la tente la plus grande. Elle ressortit peu après en lançant un hululement strident et sinistre. L'ambiance du camp changea brusquement ; les guerriers lâchèrent ce qu'ils tenaient et se mirent à courir en tous sens, happant leurs armes au passage. Cette impression de chaos était totalement fausse et je frissonnai en m'en rendant compte ; en fait, chaque guerrier savait parfaitement quel était son rôle et se préparait avec une redoutable efficacité. En quelques minutes, les soldats de Fallace quittèrent le camp, pressés d'en découdre et ne laissant derrière eux que nos six malabars.

Dans le silence étouffant qui s'était installé, un homme sortit de la grande tente, vêtu d'une cape bleu nuit qui le couvrait entièrement. Je sus aussitôt que c'était mon double.

Tout d'abord, je ne me reconnus pas, mais alors qu'il se tournait dans ma direction en abaissant sa capuche, je ressentis un grand choc. Il avait le même visage et la même silhouette que moi, sauf qu'il avait la peau très blanche, alors que la mienne est mate, que ses cheveux étaient clairs, presque blancs, alors que je suis noiraud. Éclairé par des torches, il se tenait debout devant sa tente, lançant des ordres. Les guerriers se positionnèrent à proximité, le visage fermé. Puis Fallace leva les yeux vers le ciel et se tint un moment immobile comme une statue. Il semblait contempler les étoiles, mais je savais que tous ses sens étaient aux aguets. Nous attendîmes les signes indiquant un relâchement de vigilance, une lassitude. Enfin, Black Jack me fit signe. Je sautai de la branche sur laquelle je me trouvai en épervier, et atterris en tant qu'humain au pied de la colline. Je vis la panique dans les yeux de Black et de Bisalko ; ils avaient prévu d'éliminer la garde par surprise et d'attaquer Fallace avant que je me dévoile, mais je savais que le plus tôt serait le mieux. Alors que mes camarades réglaient leur compte à la garde de Fallace, tranquillement, j'allai jusqu'à mon jumeau maléfique. Je me tins derrière lui sans dire un mot ; j'étais sûr qu'il savait que j'étais là et pourquoi. Il se retourna lentement pour me faire face. J'étais devant un étrange miroir négatif. Un lent sourire étira ses lèvres et il me dit :

— Te voilà enfin, mon frère. Alors ? Tu veux te battre ? Ou tu es venu te rendre ?

— Me rendre ? Même pas en rêve ! Et toi, tu vas tricher, comme tu en as l'habitude ? repartis-je tranquillement.

— Non, pas cette fois. Je sais que je vais facilement gagner, alors je ne me donnerai pas cette peine ! Hinhinhin ! Je doute que tu aies suffisamment appris dans le maniement des armes pour te mesurer à quelqu'un comme moi. Je me bats depuis que je suis né. Et puis, je commençais à m'ennuyer, si seulement je pouvais, pour une fois, trouver un adversaire à ma taille, ce serait un agréable changement ! Je ne pense pas que ce sera toi, mais tu m'apportes déjà un peu de distraction. Je vais donc prendre tout mon temps pour te tuer.

Je ne le laissai pas continuer. Je me concentrai et me transformai sous ses yeux ébahis, en un taureau énorme et fonçai sur lui. Pris de court par la rapidité de la transformation et de la bête, Fallace n'eut que le temps de faire un bond de côté. Mais il se retourna avec adresse et sortit ses dagues, prêt à me frapper au retour. Au lieu de revenir sur lui pour l'encorner, je profitai de mon élan et me projetai dans un condor géant. Je m'élevai à la verticale pour plonger sur lui, toutes griffes et bec en avant. Il lança une première dague, que j'évitai facilement en déviant ma course, mais je n'avais plus l'angle parfait pour l'atteindre. Arrivé au sol, je me changeai directement en loup. Mais Fallace se méfiait maintenant et il ne lui fallut qu'une fraction de seconde pour éviter une morsure mortelle. Cependant, son mouvement avait mis son avant-bras à ma portée et je le lacérai avec hargne. Nous nous regardâmes, chacun essayant de voir le point faible de l'autre.

— C'est bien que tes petits copains s'occupent de ma garde. Tu es pour MOI, j'aurai le plaisir de t'abattre comme un chien ! Donc mon petit frère est métamorphe ? Intéressant. Tu vas te battre comme un animal, c'est ça ? Tu as peur de m'affronter en combat singulier ? Ce n'est pas grave, j'arriverai bien à te vaincre et te voler ce pouvoir, ça a l'air amusant. J'en profiterai bien quand tu seras mort.

— Tu parles, tu parles, tu essayes de m'endormir avec des discours ennuyeux ? rétorquai-je, moqueur.

Il cracha par terre, atteint, malgré lui, par l'insulte. Gardant sa dague dans sa main gauche, il sortit la fine épée qu'il avait au dos et fit face au loup que j'étais, prêt pour un nouvel assaut. Je tournai autour de lui, l'obligeant à bouger avec moi ; je voulais le fatiguer, le désorganiser. À chaque opportunité, je tentais de planter mes crocs dans sa chair, mais je me rendis vite compte qu'il ne se laisserait pas déconcentrer si facilement. Il était vraiment très fort. Il fallait changer de tactique. Comme il s'estimait supérieur au maniement des armes, il ne s'attendait pas à ce que je puisse le défier sur ce terrain. Il était temps de mettre en pratique les conseils de Rendall.

— Tu es très mignon en petit loup, mon frère, mais ce n'est pas très efficace. Aaah là là, j'ai failli trouver tout ça intéressant, mais je m'ennuie de nouveau, soupira Fallace.

Rapidement, je repris ma forme d'homme.

— Tu veux voir ce que les entraînements de Rendall sont capables de faire ?

— Finalement, tu te décides à te battre sérieusement ! Il était temps !

Fallace jouait avec sa fine rapière, exhibant sa technique et la souplesse de ses gestes. Je pris un sabre fiché dans la terre derrière moi. Ce faisant, j'entrevis Bisalko dans l'ombre, qui tenait un gorille géant entre ses griffes, une arbalète cassée en deux à ses pieds. Je savais que Black Jack et Dragal assuraient mes arrières et que Rendall n'était pas très loin. Je pouvais me concentrer sur Fallace sans risquer une flèche dans le dos. Je mis mon sabre en garde et lançai la première attaque sur le côté. Fallace para le coup en urgence, car il s'attendait à un assaut frontal. Avec rapidité, il fit une volte et retrouva sa position de départ. Mais il avait laissé une ouverture suffisante pour que je puisse trancher le haut de sa hanche. Blessé et surpris, il me regarda, les yeux pleins de haine.

— Je vois que Rendall mérite sa réputation de bon instructeur. Mais il ne s'agit que d'une petite parade. Sauras-tu garder ta concentration ? Auras-tu assez d'endurance ? Tu n'es pas à l'abri d'une erreur tactique.

Fallace attaqua à son tour en faisant tournoyer son épée en une succession de mouvements si rapides qu'on ne voyait plus la lame. Vivement, je me baissai au moment où il porta un coup violent au niveau des épaules. Roulant sur le côté, je rétablis mon équilibre et dans le même mouvement, je feintai une approche frontale, puis me retirai en biais et lançai un coup de pied dans son genou. Mais il se méfiait, évita mon coup et reçut ma jambe avec son épée, ce qui me valut une vilaine plaie à la cuisse. La douleur était si forte que je m'entendis hurler. Je reculai et vérifiai rapidement si la plaie était grave. Aucune artère n'était touchée et la lame n'avait pas atteint le muscle. Fallace n'allait pas me laisser le temps de me reprendre, alors, avant qu'il ne profite de son avantage, je changeai de point d'équilibre et lançai une série d'attaques ultrarapides en piqué ; je visais son cœur. Fallace dévia les premiers coups, mais reçut le dernier au niveau de la hanche, ce qu'il me fit payer en lacérant mon dos. Nous nous regardâmes, ennemis pour la vie. Nous tournions l'un autour de l'autre, nous jaugeant, cherchant la faille chez l'adversaire. Comment le détruire, si nous étions de même force ? S'il était le plus fort ? Fallace était si aguerri et il avait l'air de s'amuser beaucoup, malgré ses plaies, alors que moi, je me sentais épuisé et je ne m'amusais pas du tout. J'avais beau réfléchir intensément, aucune solution ne se présentait. Je savais seulement que je refusais de renoncer et que s'il le fallait, je me battrais jusqu'à la mort. Alors, moi l'intellectuel, je fis une chose très étrange et qui ne me ressemble pas ; rageusement, j'en appelai à la magie et aux étoiles. C'était un cri du cœur, une façon de m'encourager qui n'avait pas de réelle signification, aussi fus-je désarçonné lorsque je reçus une réponse !

Une réponse positive. Une réponse violente.

Je fus soudain envahi par une puissance brute, comme si l'espace entier me traversait. Mes grains de beauté, qui représentaient la constellation de la Lyre à l'envers, se mirent à chauffer très fort et je perdis la notion du temps et de l'espace. Soudain, je vis au-delà de Fallace. Je vis, je sentis les autres univers, les autres époques, j'eus pleinement conscience de l'infinité. Toutes mes cellules vibraient à l'unisson du cosmos, je brûlais, je frissonnais, j'étais tout et en même temps, je n'étais rien. Le temps s'arrêta pendant une fraction de seconde, puis reprit son cours lentement. Alors que je reprenais conscience du moment, du lieu et de la dimension dans laquelle je me trouvais, Fallace se jetait sur moi. Il allait me couper en deux ! Mais il avançait au ralenti ! Avant même qu'il n'ait terminé sa course, j'avais levé mon sabre et, comme dans un cauchemar, je plongeai ma lame dans son cœur. Au moment précis où la lame pénétra la chair de mon double, le temps reprit son cours normal, comme s'il éclatait. Et je me retrouvai, moi, David, tenant d'une main mon sabre enfoncé jusqu'à la garde dans le corps de mon ennemi et le soutenant de l'autre.

Il mourut sans un mot, sans un cri, en me regardant avec des yeux étonnés. J'eus cependant sa dernière pensée.

— Comment as-tu fait ?

Je ne le savais pas. Autour de moi, les dragons, les soldats de Fallace et Black Jack me regardaient avec une expression d'horreur et de crainte proche de la panique. Je n'avais aucune idée de ce qu'il s'était passé. Black Jack me rattrapa au moment où je glissai sur le sol, épuisé, vidé par ce déchaînement de puissance.

CHAPITRE 13

À mon réveil, j'étais étendu dans le lit confortable de ma chambre d'Aquarine, sans autre souvenir que le combat avec Fallace. Je m'assis en grimaçant à cause de mes douleurs, puis aperçus Bisalko qui ronflottait sur un fauteuil non loin de moi. Le mouvement que j'avais fait l'alerta et il se précipita à mon chevet, tâtant ma tête et me dévisageant avec inquiétude.

— Rah là là ! me dit-il, tu nous as fait bien peur, mon gars !

— Comment je suis arrivé ici ?

— Après le combat, tu t'es évanoui et les dragons t'ont porté jusqu'ici. C'est un GRAND honneur, tu sais ! Presque aussi grand que d'être appelé par le grimoire !

Je sus plus tard qu'il m'avait transporté lui-même pendant tout le voyage et qu'il avait refusé farouchement toute aide – j'appris aussi qu'il ne le referait plus ! Soulagé de me voir réveillé, il parlait à tort et à travers, m'expliquant la fin de la bataille et le retour à Aquarine de façon embrouillée. Ce que je parvins à saisir était que personne ne comprenait ce qu'il s'était passé, que ça faisait des lustres que je dormais et que c'était le moment de me réveiller, parce qu'il en avait marre d'Aquarine et voulait rentrer sur Alfarite… Il en était là lorsque Islune déboucha dans la chambre, suivie de Black Jack, puis de Rendall et de tous les autres. Bien sûr, Bisalko s'était empressé de les avertir de mon réveil par télépathie. Mille questions me venaient à l'esprit, mais Islune, après avoir fait taire Bisalko, refusa de m'en dire plus tant que je n'aurais pas mangé et dormi tout mon saoul. J'eus beau supplier et insister, il n'y eut pas moyen de la faire changer d'avis. Aussi, je pris mon mal en patience et me résolus à manger et dormir, comme un bon petit malade. J'appris néanmoins, qu'à la nouvelle de la mort de Fallace, ses troupes s'étaient éparpillées sans poursuivre le combat. Retenus par la force et les menaces de mort sur leurs familles, ses soldats ne souhaitaient que retourner chez eux en paix et les dragons les avaient laissés partir.

Les jours qui suivirent furent dédiés à ma remise sur pieds. On me chouchouta comme un nouveau-né. En plus de Black Jack, Bisalko, Islune et Rendall, régulièrement à mon chevet, j'eus la « chance » d'avoir un défilé quasiment ininterrompu de visites de tous les émissaires possibles et imaginables. J'appris plus tard qu'on avait ordre de ne pas me laisser seul et de m'éviter toute fatigue. C'était tout juste si j'avais le droit d'aller tout seul à la salle de bains ! Au bout du quatrième jour de ce traitement, j'en eus marre. Malgré les dénégations de mes « nounous », à savoir Black Jack et Bisalko, je me levai et demandai une audience à Islune. J'avais assez attendu, il fallait des réponses à mes questions. Malgré son emploi du temps très chargé, elle me reçut sur-le-champ.

— Je vois que tu vas mieux, David, quel plaisir de te voir à nouveau debout. Tes brûlures ont bien guéri et ta cicatrice est à peine visible.

— Merci Islune, mais dis-moi comment j'ai eu toutes ces brûlures ?

— Je ne peux pas tout t'expliquer, c'est le grimoire qui sait le fin mot de l'histoire. Mais je peux quand même te dire qu'il s'est passé quelque chose d'exceptionnel – et que tu as failli y perdre la vie. Juste avant de porter le coup fatal à Fallace, il semblerait que tu aies pris feu, comme une torche ! C'est pourquoi tu as été si mal en point. Tu as de la chance d'être encore vivant.

— Mais… mais non, j'ai juste eu des blessures de mon combat avec Fallace.

— Non, tu te trompes, David, tu avais de sévères brûlures aussi. Il faut que tu interroges le grimoire. Tu veux aller le voir au plus vite, j'imagine ?

— Eh bien, vu ce que tu me dis, oui, bien sûr !

— Bon, dans ce cas, je prévois une escorte pour toi et tu iras dès demain en Alfarite. Mais pas aujourd'hui, car ce soir, nous fêterons notre héros, toi. Tu as sauvé toute la galaxie ! Les émissaires des autres planètes, le Conseil et la royauté intergalactique sont à Aquarine, ils ne comprendraient pas que nous ne fassions pas une cérémonie pour t'honorer et tous veulent te rencontrer et te remercier. Ça fait du monde et je ne pourrai m'en débarrasser que lorsqu'ils auront pu te voir. La politique, tu sais… ajouta-t-elle en soupirant. Je te prierais de sourire et de serrer les… mains des dirigeants qui seront là. Après, tu seras tranquille et tu pourras retourner à Alfarite.

Sortant de l'audience, je me retrouvai face à Bisalko et Black Jack qui me questionnèrent sur l'entrevue. Je leur expliquai tout et Black Jack fit la moue.

— Arrgh, cette politique, c'est pénitable ! s'exclama-t-il sur un ton agacé, et il y a toujours cet aspect ennuyeux dans chaque aventure !

— Pénitable ? demandai-je. Ça veut dire quoi ?

— Ça veut dire à la fois pénible et insupportable, me répondit Black Jack dans un sourire. Enfin, au moins Islune te trouve suffisamment remis pour endurer ces politiciens pompeux et ça, ça veut aussi dire que tu es hors de danger ; nous serons bientôt à Alfarite. Elle est guérisseuse, tu sais et pas des moindres ! Elle a veillé personnellement sur toi et passé deux jours et deux nuits à ton chevet pour fermer tes plaies et réparer ton organisme. Cela lui a coûté cher, crois-moi.

— Oui, renchérit Bisalko. Les guérisseurs transmettent leur force à leur malade pour stimuler la régénération du corps et en faisant ça, ils se vident de leur énergie vitale. Ils vieillissent d'un coup. Normalement, c'est provisoire. Ça ne dure que le temps nécessaire au guérisseur pour se reposer, mais pas cette fois apparemment. Oh, oh, calme-toi David, ajouta-t-il en voyant mon air choqué, je sais qu'elle ne le regrette pas. Elle t'aime énormément et tu as sauvé tout son peuple, elle te devait bien ça ! Et puis, c'est quoi deux ans dans une vie de dragon ?

Deux ans. Elle m'avait donné deux ans de son existence. Même si un dragon vit plus de mille ans, elle avait quand même payé dans sa chair pour me redonner vie. Je me sentis très ému par son sacrifice et un élan de gratitude me fit retourner dans la salle d'audience en courant.

— Islune ! criai-je de toutes mes forces. Comment peux-tu passer sous silence ce que tu as fait pour me guérir, comme si ce n'était rien ! Tu m'as sauvé la vie en prélevant des années sur la tienne, tu ne devais pas me le cacher…

Mais Islune m'interrompit :

— Non, mon cher. Je n'ai fait que le travail de tout guérisseur qui se respecte. Ce n'est pas une chose qui se quantifie et dont on parle. Et puis, tu as toi-même sauvé bien plus qu'une vie. Tu t'es mis en danger pour te battre avec nous. Tu t'es même battu contre toi-même ! Tu as fait preuve d'un grand courage, tu as mérité les soins que nous donnons à nos guerriers les plus valeureux. En plus, tu le vois bien, je me porte à merveille. Ne parlons plus de cela, tu as autre chose à penser maintenant. Va te préparer pour la fête ! Tu verras, chez les dragons, une fête, c'est mémorable !

CHAPITRE 14

Je retournai auprès de mes amis, mais je gardai à l'esprit ce que je devais à Islune. La journée passa tranquillement et bientôt vint l'heure d'aller à la fête. Bisalko, Black et moi discutions gaiement des évènements en nous rendant à la Grande Salle d'Aquarine, lorsque de la musique et des bruits de conversation nous parvinrent. Je me figeai dès l'entrée de la Grande Salle. Tout avait été décoré et magnifié pour l'occasion. Les quatre nations de dragons étaient représentées sur les murs et se mouvaient comme dans un film. Des lumières de mille couleurs brillaient un peu partout, donnant une atmosphère enchanteresse aux lieux. Les convives, dragons et autres espèces, tous mélangés, discutaient en un tapage enjoué et sonore. Au fond de la pièce, un orchestre de… je ne sais pas quoi, mais qui ressemblaient vaguement à des méduses-papillons jouait à fond une musique entraînante. Pour finir, je repérai – avec peine – la table ronde au centre de la pièce qui croulait sous une montagne de plats.

Dès qu'on nous vit, il y eut des hourras et des exclamations. La foule se pressait autour de nous pour nous remercier et nous serrer la main ou même nous embrasser (surtout une espèce de limace géante qui parlait au travers d'un tentacule et qui me colla trois bises sur le front). Puis, Islune demanda le silence et tous se calmèrent. L'assemblée se scinda en deux, laissant un large passage à notre hôtesse qui marcha majestueusement jusqu'à ses coussins.

— Voici enfin nos héros, David, Bisalko, Black Jack. Black, Bisalko, votre dévouement et votre loyauté à Draguilée n'est plus à prouver. Approchez.

Le capitaine et Bisalko s'avancèrent jusqu'à Islune et mirent un genou à terre.

— En récompense pour avoir encore une fois défendu Draguilée et pour avoir montré votre courage, je vous remets l'étincelle du Drag-do-Ghann.

Se levant, elle murmura une drôle d'incantation en agitant ses pattes et deux petites lumières s'allumèrent entre ses griffes. Les étincelles brillèrent un instant devant mes amis, puis se posèrent sur eux. La peau de Black Jack se mit à briller d'abord doucement, puis de plus en plus fort et soudain s'éteignit. Islune le serra contre elle et en fit autant à Bisalko (qui avait perdu son air supérieur et paraissait tout timide).

— L'étincelle de guérison est très rare et précieuse. Seuls les grands guerriers la reçoivent.

Mes amis s'inclinèrent devant Islune et me rejoignirent dans les rangs. Enfin, elle se tourna vers moi.

— David, je te prie de venir vers moi.

Après avoir lancé un regard inquiet à mes amis, j'avançai et m'inclinai devant Islune.

— Un genou à terre, jeune guerrier. Pour ton courage, ta vaillance et pour récompenser ta victoire, je te fais Chevalier de l'ordre de Draguilée. C'est la plus haute distinction militaire de cette planète. Tu seras reconnu et traité avec le respect qui t'est dû, partout sur les terres, dans les cieux et les océans de cette planète. Tu pourras aller où tu voudras, sans demander aucune autorisation, ni te heurter à une interdiction. Même l'accès au grimoire t'est ouvert.

Elle me remit une médaille, puis soudain, déchira ma chemise et me trancha la chair de l'épaule à la poitrine. Le choc et la douleur me clouèrent sur place et mes yeux me brûlaient. Je n'eus pas le temps de réagir, car Islune me dit de sa voix grave :

— David, ceci est la marque des dragons. Cette marque, à jamais ancrée dans ta chair, te désigne comme héros intemporel ; elle prouve ta valeur de guerrier et honore ton nom jusqu'aux fins fonds de la galaxie. Tu es maintenant une légende, David, même si ton histoire ne fait que commencer.

Me regardant tendrement, elle posa sa patte sur la plaie et ferma les yeux. Je sentis ma blessure chauffer doucement et la douleur disparaître. Lorsque Islune retira sa patte, je vis qu'à la place d'une profonde entaille se trouvait une fine cicatrice nette et propre ; la peau avait été guérie. Je la regardai, pas très sûr de ce que je devais faire, mais elle me serra soudain dans ses bras, puis me relâcha brusquement. Elle s'inclina devant moi, je m'inclinai devant elle et la cérémonie se termina dans un tonnerre d'applaudissements et les cris de joie de la foule. Nous passâmes ensuite une très belle soirée. Nous mangeâmes, nous chantâmes, je fis la connaissance d'êtres surprenants et entendis des histoires incroyables puis, ivre de fatigue, je revins dans ma petite chambre pour ma dernière nuit à Aquarine.

CHAPITRE 15

Le lendemain fut le jour des adieux. Islune ne pouvait pas nous accompagner car son royaume s'était passé de dirigeant pendant déjà trop longtemps et elle devait régler des affaires d'État urgentes. Lors du départ, le capitaine avait encore une fois disparu et, comme j'interrogeai Bisalko, ce dernier me dit qu'on le verrait de nouveau à Alfarite en restant très vague. Après tout, le capitaine avait aussi des affaires à gérer et je laissai tomber ce mystère pour profiter du voyage. Sous le regard attentif de Bisalko et Renhy – qui avait refait son apparition – je me changeai en requin. Nous passâmes deux jours en mer à chasser et à faire la course dans les vagues, puis nous parvînmes en vue de la côte. Dès que je sortis de l'eau, je redevins le garçon aux cheveux noirs que je suis, aussi aisément que si j'avais changé de costume de bain. Le métamorphisme devenait une seconde nature pour moi, si bien que je pouvais passer d'une forme à l'autre presque sans y penser. Je me tournai vers les dragons, ravi de ma maîtrise et restai stupéfait ! À la place de Renhy se trouvait Black Jack ! Je compris soudain pourquoi je n'avais plus vu le dragon à Aquarine et comment le capitaine était parvenu dans le royaume d'Islune en même temps que moi…

— Si tu voyais ta tête, commenta Bisalko.

— J'aurais apprécié que tu me dises qui tu étais vraiment, quand on voyageait, dis-je au capitaine en haussant les épaules.

— Ah ben non, ça nous aurait privés du plaisir de voir ta tronche maintenant !

Et les deux de partir d'un grand éclat de rire.

— Il y a autre chose que je devrais savoir ? demandai-je grinçant.

— Pas pour le moment, répondit Black Jack. C'est au grimoire de t'expliquer certaines choses.

— Alors allons-y ! dis-je en me changeant en aigle royal et m'envolant pour le royaume d'Alfarite.

Accompagné de Bisalko et d'une mouette rieuse (le capitaine avait vraiment un drôle de sens de l'humour), nous arrivâmes très vite à destination. Nous fîmes d'abord une halte chez Bisalko pour nous restaurer et nous reposer ; le grimoire ne nous attendait que le lendemain. La soirée fut remplie de rires et d'histoires fabuleuses que les deux compères me racontèrent de bonne grâce. Comme la fois où Black Jack avait été capturé par des Tractalydes et que Bisalko l'avait aidé à s'échapper, alors que ces derniers se disputaient sur le montant de la rançon. C'est là que Black Jack me montra les différents instruments qu'il avait dans ses cheveux et sa barbe : de quoi crocheter une serrure, tricher au jeu, une ou deux fioles de poison et enfin une mini-dague. Il était vraiment incroyable !

— Au retour, je t'apprendrai à piloter la Dame de la Lune et tu seras mon second !

— Ouaiiiiiiiiiiis, cool ! Retourner où ? demandai-je.

— Eh bien chez toi, sur Terre. Tu as fini ta mission, tu peux rentrer chez toi.

— Mes parents et mes sœurs me manquent, c'est vrai, mais c'est cette vie que je veux mener, Black Jack. Laisse-moi rester avec toi, je te promets que tu ne le regretteras pas.

— Hahaha, ne t'inquiète pas, David, ta vie sera pleine d'aventures, mais pas tout de suite. Tu dois d'abord passer les étapes de ton enfance et de ton adolescence. Ensuite... Eh bien ensuite, tu verras bien, me dit-il avec un air de conspirateur.

Je n'étais pas enchanté à la perspective de quitter un monde aussi merveilleux, mais j'avais envie de rentrer à la maison aussi. Je boudai bien un peu, mais ce n'est pas dans ma nature et je préférai profiter à fond de mes derniers jours sur Draguilée.

Le lendemain, je me rendis à la première heure auprès du grimoire. Cette fois encore, je dus y aller sans Bisalko, ni Black Jack. Et quelle ne fut pas ma surprise lorsque je pénétrai dans l'enceinte sacrée... Il n'y avait aucun garde, aucun prêtre, personne n'était là pour le protéger ou me surveiller. Le livre flottait doucement au centre de la pièce, nimbé d'une belle lueur mordorée.

— Viens, David, m'appela-t-il. Pose-moi tes questions. Ensuite, je te raconterai ton histoire.

— Mon... mon histoire ? bégayai-je, tu peux me dévoiler mon futur ?

— Hahaha, en partie seulement, jeune Terrien. En partie seulement. C'est mon cadeau pour nous avoir tous sauvés. Mais commençons par le début. Quelle est ta première question ?

— Qu'est-ce qui s'est passé avec Fallace ? J'ai senti tout à coup que le monde s'arrêtait de tourner ou plutôt, qu'il tournait au ralenti. Du coup, j'ai pu toucher mortellement mon double.

— C'est dû à toi, David.

— À moi ? Tu veux dire que je peux arrêter le temps ?

— Non, oui, non, reprit le livre. Comment t'expliquer... Tu sais que les étoiles ont de grands pouvoirs, n'est-ce pas ? Et parmi eux, il y a celui d'arrêter le temps. Ce sont elles qui ont ralenti le temps pour toi. Tu comprends ?

— Euuuuh, mais comment c'est possible ?

— OK, je commence depuis le début, ce sera plus simple. Les étoiles, donc, ont de grands pouvoirs. On ne sait pas grand-chose sur elles, mais on sait qu'elles peuvent arrêter le temps et ouvrir des portes entre les dimensions. Pendant la guerre, en raison du changement d'orbite de Draguilée, il y a eu un dérèglement du temps et des dimensions : certaines planètes se sont figées et d'autres ont vu leurs saisons défiler à toute vitesse. En même temps, des portes dimensionnelles se sont ouvertes un peu partout ; un vrai feu d'artifice. Après avoir remis Draguilée sur son orbite, nous croyions que tout était revenu à la normale, mais ce n'était pas le cas. Les étoiles nous ont envoyé deux aigles de granit – Arka et Omera – pour nous avertir qu'elles allaient détruire notre terre et que nous devions partir. Le cosmos était toujours en déséquilibre, parce qu'il restait Fallace ! Sa seule présence maintenait le dérèglement. Tu comprends, non seulement il était fort, mais en plus, nous ne pouvions pas simplement l'éliminer, il fallait aussi… comment dire… retourner le miroir ou… revenir en arrière. Nous avons refusé de quitter notre planète. Nos mages ont cherché partout et questionné tous les peuples, et enfin au dernier moment, ils t'ont trouvé. Tu étais le miroir de Fallace. Nous avons proposé d'aller te chercher pour éliminer ton double et les étoiles ont accepté de nous laisser un dernier délai. Jusque-là, nous pensions que seules, elles, maîtrisaient le temps et les dimensions, mais apparemment, il est possible pour certains individus de trouver et d'ouvrir ces portes. Ce sont des êtres, choisis par les étoiles, qui ont un lien direct avec elles et qui ont la faculté de passer d'une dimension à une autre. C'est en te voyant ou plutôt en voyant la marque de ton pouvoir sur ton visage que je me suis rendu compte que tu en étais un. La constellation de la Lyre est la marque qui te lie directement à Draguilée et au pouvoir dimensionnel.

— Mais pourquoi ? Pourquoi moi ?

— Personne ne le sait. Les étoiles choisissent certains êtres et leur accorde ce pouvoir sans que nous sachions pourquoi. On nomme ces êtres les passeurs de porte. C'est la première fois en dix mille ans que les étoiles choisissent un humain, mais elles t'ont bel et bien choisi. En tant que passeur, tu as une connexion privilégiée avec elles et c'est probablement pour cela qu'elles t'ont répondu lors de ton affrontement avec Fallace. Tu as, d'une manière ou d'une autre et bien inconsciemment, invoqué la force des étoiles. Elles t'ont entendu et sont passées au travers de toi pour que tu puisses réaliser ce pour quoi tu es né. Tuer Fallace.

— Donc, si je comprends bien, j'ai appelé les étoiles et elles sont venues à mon aide.

— Exact.

— Coooooooool !

— Oui, ce n'est pas mal. C'est aussi pour cela que tu es si sensible aux transferts. Si je ne me trompe pas, tu as très vite appris la télépathie, le métamorphisme, la respiration aquatique et le maniement des armes, n'est-ce pas ?

— Pour la télépathie, je ne m'en suis pas beaucoup servi, mais le reste, oui, il paraît que je suis doué.

— Tu es un tel récepteur, qu'en recevant les dons de tes amis les dragons, tu as aussi pris leur habileté et leur expérience. Bisalko n'a pas son pareil pour se métamorphoser, c'est le meilleur. Et Islune est une des meilleures guerrières qui soit, à part Rendall, bien sûr. Du coup, en plus de tes prédispositions naturelles pour le métamorphisme et le combat, tu as hérité des aptitudes des deux dragons qui t'ont transféré leurs dons.

— Oaaaaaaaaaaah, c'est cool ! Dommage que ça ne marche pas de la même façon pour l'école ! C'est très bizarre, parce que j'ai l'impression d'avoir toujours été comme ça.

— Oui hihi, je te comprends. Tu as en quelque sorte « piraté » le savoir de tes amis en plus de leurs talents. Mais ne t'inquiète pas, Islune et Bisalko ne t'en voudront pas, d'autant que ce n'était pas délibéré de ta part. Ai-je répondu à tes questions ?

— Oui, dis-je du bout des lèvres.

Je savais qu'une fois mon audience terminée, il serait temps de songer au départ. Le grimoire feuilleta ses pages en un bruissement léger.

— Je vois ton chagrin, David. Il est temps de te dévoiler une partie de ton futur. Retourne-toi et regarde-toi.

Je lançai un regard hésitant au grimoire, puis me retournai. Face à moi, au lieu de la magnifique sculpture sur bois, se trouvait un miroir gigantesque, dans lequel se reflétait la grande salle. Je pus admirer ce à quoi je tournais le dos ; le livre, les sculptures, puis mon attention se fixa sur le garçon en face de moi… Il me ressemblait comme deux gouttes d'eau, mais au lieu d'avoir la peau légèrement mate, il avait la peau plus tannée, au lieu d'être bruns, ses yeux étaient d'un bleu presque noir. Ce garçon-là avait les cheveux longs, des muscles saillants et ne portait pas de lunettes. Je ne me rappelais plus de ce que j'en avais fait, mais de toute façon, elles ne m'avaient pas vraiment manqué. Ce garçon si différent, c'était pourtant bien moi ; mon aventure m'avait transformé. Incrédule, je me tâtai le bras ; le garçon du miroir fit de même. Je baissai les yeux sur mon torse et vit quelques mèches de mes cheveux balayer la légère cicatrice de ma poitrine. Je me connaissais, sans me reconnaître. Après cette inspection, j'allais me retourner vers le grimoire pour lui avouer mon étonnement face à ces changements, lorsque la porte s'ouvrit dans mon dos et dans le miroir, se refléta la silhouette du capitaine.

Et soudain, la vérité me frappa. Ce visage, ces cheveux noirs, ces yeux bleu nuit, les mêmes que les miens ! Dans le miroir se reflétait deux fois la même personne, mais à un âge différent ! Je me retournai et fixai le capitaine – c'est-à-dire moi – abasourdi.

— Étonnant face-à-face avec soi-même, n'est-ce pas, David ? murmura le grimoire.

— Je suis… Je suis Black Jack ? Mais comment est-ce possible ? demandai-je le souffle court.

— Tu comprends pourquoi, maintenant, tu ne peux pas rester avec moi ? me demanda le capitaine – Enfin me demanda mon moi capitaine.

— Oui, euh… oui, mais c'est fou ! Grimoire, aide-moi à comprendre, c'est… c'est… mais c'est impossible ! On ne peut pas se rencontrer soi-même, c'est… c'est de la science-fiction !

— Hahaha, rit le grimoire. C'est la première fois que je m'amuse autant en plus de mille ans ! Je t'assure que c'est possible, David, la preuve ! Les étoiles, mon cher, les étoiles. Elles peuvent tout. Je t'ai envoyé chercher par le capitaine sur la demande des étoiles. Elles savent très bien ce qu'elles font, mais les coquines ne me disent pas tout. Elles ont exigé que ce soit le capitaine qui soit chargé de cette mission ; te chercher dans le passé – notre passé – car il y avait là le seul être capable de vaincre Fallace et de retourner le miroir. Elles ne m'ont pas dit qui tu étais, bien sûr. Elles ont un sacré sens de l'humour, c'est certain !

Black Jack me regardait avec tendresse et je le fixai avec stupeur.

— Tu étais au courant ?

— Bien sûr, comment oublier cette aventure ! J'espère que tu n'es pas trop déçu de ce que tu deviendras plus tard !

— Déçu ? Tu rigoles ! Une vie d'aventures, à piloter des vaisseaux spatiaux, des potes dragons, des métamorphoses et des combats, qui pourrait être déçu de tout ça ?

— Hahaha, je me reconnais bien là ! Mais il va quand même falloir que tu retournes chez toi. Mon présent, c'est seulement ton futur. Pour y arriver, tu dois vivre tes expériences, grandir et apprendre par toi-même certaines choses importantes. Mais tu verras, tu as de belles années devant toi !

Nous prîmes congé du grimoire et repartîmes vers le noisetier où nous attendait Bisalko.

— Au fait, dit le capitaine, tu dois garder le secret sur notre identité. Déjà, aller dans le passé – ou dans ton cas le futur – c'est délicat et ce n'est possible qu'avec l'aide des étoiles, mais en plus, c'est dangereux. Les passeurs ont un si grand pouvoir que ça peut causer pas mal de problèmes, bref... il vaut mieux que cela reste entre nous et le grimoire. Même Bisalko n'est pas au courant. Il est censé croire qu'on est allés te chercher sur Terre à notre époque, pas trente ans en arrière. Quoique je pense qu'il se doute de quelque chose, surtout depuis le transfert de pouvoirs... Enfin, c'est OK pour toi ?

— Oui, bien sûr, je garderai le secret.

— Je sais que tu le feras. Et je sais aussi quelques bêtises que tu feras. Attention avec le métamorphisme, ce n'est pas la solution à tous tes problèmes ! Et sur Terre surtout, ils ne doivent rien savoir.

— Je vais garder mes dons en revenant chez moi ?

— Hahaha, oui, bien sûr ! Mais fais gaffe, j'ai eu chaud une fois ou deux !

— Dis-moi !

— Ah non ! Tu sais déjà bien assez sur ton futur, tu ne crois pas ? Fais gaffe simplement ! me rabroua mon moi-même en fronçant les sourcils.

CHAPITRE 16

En entrant dans le noisetier, nous trouvâmes un Bisalko en train de tourner en rond comme un lion en cage.

— Vous en avez mis du temps ! Gardalon m'a fait prévenir, il y a des heures, que tout était prêt pour le voyage de retour et qu'avant de partir, nous étions conviés à une grande fête ! On n'a plus de temps pour se préparer maintenant, pleurnicha le dragon.

— Calme-toi, Bisalko, répondit Black Jack. Gardalon sait qu'une séance avec le grimoire peut durer des jours entiers. Et puis, on est prêts, on n'a qu'à y aller. D'ailleurs, on a faim, David et moi.

Je pouffai, ça faisait drôle d'entendre ça.

Gardalon nous avait préparé une fête magnifique. Encore une fois, nous mangeâmes comme des gorets terriens (il faut faire la différence, car les Gorets sont aussi une tribu de Malachite, une planète lointaine et ils ressemblent plus à des lamas qu'à des petits cochons) et je passai un moment formidable avec mes nouveaux… anciens… futurs… actuels amis. Je me dis que c'était difficile de vivre dans mon futur et commençai à voir le retour dans mon époque avec soulagement. C'était perturbant de discuter et rigoler avec moi-même en plus vieux.

Nous fîmes nos adieux à Alfarite le lendemain. Le capitaine me laissa de nouveau conduire le module pour aller jusqu'à la Dame de la Lune et, sur la route du retour, il m'initia un peu au pilotage, me laissant les commandes. Un peu seulement, car Black Jack pensait qu'il ne fallait pas que j'aie trop d'avance sur mes prochains camarades de l'école d'aéronautique que je fréquenterais plus tard – ça paraîtrait un peu louche, si je savais déjà tout.

Au bout de trois jours terriens de voyage, nous arrivâmes dans mon Système solaire. Le capitaine stationna la Dame juste hors de portée pour procéder à la miniaturisation du module – les Terriens ne devaient pas voir le vaisseau. Une fois réduits à la taille d'un jouet, nous attendîmes le bon moment pour nous approcher. Le capitaine dut se débarrasser de Bisalko pour en appeler discrètement aux étoiles et dès que ce dernier eut disparu dans sa cabine il m'emmena dans la sienne.

— Assieds-toi, me dit-il.

Puis il ferma les yeux, prit une profonde aspiration et demanda d'une voix grave et lente :

— Ô étoiles, notre mission est terminée et David doit maintenant retourner chez lui. Je vous demande de nous renvoyer au moment précis où nous avons emmené David. Attention, sourit-il, ça va secouer un peu.

Je m'accrochai à mon siège et attendis, mais pendant de longues minutes, il ne se produisit rien. Alors que je me demandais si les étoiles allaient nous répondre, nous fûmes pris dans un tourbillon insensé. Le vaisseau fut secoué comme s'il traversait un violent orage, toutes les lumières clignotèrent puis s'éteignirent. Les cris de peur et la course folle de l'équipage nous parvenaient à travers les cloisons et le capitaine fut demandé d'urgence sur la passerelle. Soudain, tout s'arrêta et la lumière revint. Le capitaine sortit rapidement de sa cabine en me lançant un clin d'œil.

— Prêt pour le cinéma ?

Il alla vers le poste de commandement et ordonna de vérifier l'état du vaisseau, l'air inquiet – quel comédien, pensai-je ! Le second lui apprit quelques minutes plus tard, qu'apparemment tout fonctionnait.

— Sauf le dateur, ajouta-t-il. Il est de nouveau complètement hors service ; il nous donne une date débile d'il y a trente années terriennes en arrière.

— Il va falloir le réparer quand on ira sur Saril, répondit le capitaine en cachant un sourire. Il tombe en panne à tout bout de champ, ce machin. En attendant, si le vaisseau est OK, nous allons partir, je vous confie la Dame, monsieur Styx.

— Bien capitaine.

Bisalko me lança un long regard grave. Contrairement à son habitude, il ne dit pas un mot sur la façon de procéder, ni sur mes supposées erreurs de pilotage. Cela m'étonna, mais Black Jack me fit comprendre que le dragon était ému et assez contrarié de mon départ. Je ne pouvais rien y faire, aussi je ne fis rien. Je pilotai le module jusqu'à proximité de la Terre, puis le capitaine se mit aux commandes pour nous diriger jusqu'à la fenêtre de ma chambre. Il faisait nuit et la lune brillait très fort – c'était la nuit même de mon départ. Nous nous stabilisâmes devant la fenêtre, puis nous entrâmes. Bisalko, Black Jack et moi restâmes un instant à nous balancer d'un pied sur l'autre. Il était temps de se dire au revoir et aucun de nous ne voulait faire le premier pas.

Bisalko avait les yeux rouges et un peu fixes.

— Lorsqu'on vit une aventure comme celle-là, ça crée des liens, me dit-il. Je ne t'oublierai jamais, David. Tu fais partie de mes amis et l'amitié chez les dragons, c'est sacré.

— Moi non plus, je ne t'oublierai pas, Bisalko. Et qui sait, peut-être nous reverrons-nous un jour ?

J'allais lui serrer la patte, mais le dragon enroula son cou autour de moi en une forte étreinte. Serrant son torse écailleux contre moi pour lui rendre son au revoir, j'avais une grosse boule dans la gorge et une très forte envie de pleurer. Mais je retins mes larmes, car le plus difficile était à venir. Je me tournai vers mon futur moi et nous nous prîmes dans les bras. J'avais l'impression trouble de quitter mon grand frère.

— Au revoir, David. Prends bien soin de toi, me dit le capitaine.

— Salut, Black Jack. Je ferai attention, c'est promis.

— T'as intérêt, petit, t'as intérêt !

Puis je sentis mes paupières devenir lourdes et se fermer malgré tous mes efforts. Je voulais voir le module repartir, mais je ne pus lutter contre l'inconscience du sommeil et je sombrai comme une masse.

Lorsque je me réveillai, j'étais couché par terre au pied de mon lit. Je me levai péniblement pour aller à la salle de bains en me frottant le visage. J'eus un choc lorsque je me vis dans la glace. La peau plus foncée que dans mon souvenir, les cheveux si longs…

Et les yeux bleus si sombres qu'ils en étaient presque noirs ! Je fonçai dans ma chambre et pris une photo de moi. Elle avait été prise la semaine dernière à la fête de l'école. Mince ! Le petit mec à lunettes et aux cheveux courts, là, c'est moi. Et je n'ai pas ces muscles, et je n'ai pas les yeux bleu nuit et… pas de cicatrice sur le torse ! Pendant un instant, je ressentis une joie immense ; ce n'était pas un rêve ! J'avais vraiment vécu plusieurs mois dans le futur, piloté des vaisseaux, appris l'art du combat, vaincu un dangereux criminel, rencontré des dragons et… moi-même ! Je restai une minute (ou deux, ou trois) perdu dans mes pensées, oscillant entre un bonheur sans limite et une totale perplexité.

Soudain j'entendis du bruit dans la chambre d'à côté ; ma famille se réveillait ! J'allais revoir mes parents et mes sœurs ! Tout à ma joie, j'allais sortir de ma chambre lorsque mes yeux tombèrent sur la photo que j'avais gardée en main. Une mèche de cheveux noirs me chatouilla le cou. Oups, je ne pouvais pas me coucher la peau mate, les cheveux courts et l'œil brun et me réveiller musclé, tanné, les cheveux longs et l'œil bleu nuit, pas vrai ? Et que dire de la cicatrice ? Un lent sourire se dessina sur mon visage et je fermai les yeux pour me concentrer.

Ma sœur Zoé ouvrit la porte à toute volée au moment où les chatouillis disparaissaient.

— Ah, te voilà, toi ! Viens, on prépare le petit-déj !

Fanny se jeta en avant pour être la première, mais j'attrapai les deux fillettes par le cou pour une grosse embrassade ! Aucune de mes sœurs ne comprit pourquoi je les serrai si fort, mais câlines, elles me rendirent mon étreinte. Heureux de retrouver ma famille, je pris la main de chacune et les entraînai vers la cuisine, pour « faire une surprise aux parents ». J'allais leur raconter mon « rêve » et me réjouissais d'entendre leur « ouaaah trop cool ! » en attendant mes prochaines aventures !

Fin

LEXIQUE DES PERSONNAGES

David : Terrien, humain, guerrier, métamorphe, passeur de portes, ami des dragons.

Black Jack (capitaine Renhy Vidad) : Terrien, humain, pirate, guerrier.

Bisalko : Dragon, de Draguilée, métamorphe, guerrier, ami de Black Jack.

Islune (prononcer Izlune) : Dragon, cheffe d'Aquarine (territoire sous-marin de Draguilée), guérisseuse.

Rendall : Dragon, frère d'Islune, maître d'armes et guerrier d'Aquarine.

Gardalon : Dragon, mage d'Alfarite (plaines de Draguilée) sorcier, garde du grimoire.

Le grimoire : Livre de plus de cinq mille ans ayant sa propre personnalité, renferme le savoir et l'histoire de Draguilée.

Fallace : Humain contraire de David, être maléfique, guerrier extrêmement expérimenté.

TABLE DES MATIÈRES

Imprimé en France
978-2-8231-3090-4
Dépôt légal : 4e trimestre 2020